달콤한 새벽

달콤한 새벽

초판 1쇄 인쇄_ 2019년 02월 15일 | **초판 1쇄 발행**_ 2020년 02월 20일
지은이_이예지, 김민경, 노진은, 남아란 | **엮은이**_배설화 | **펴낸이**_진성옥 외 1인 | **펴내곳**_꿈과희망
디자인·편집_김창숙·윤영화
주소_서울시 용산구 한강대로 76길 11−12 5층 501호
전화_02)2681−2832 | **팩스**_02)943−0935 | **출판등록**_제2016−000036호
E−mail_ jinsungok@empal.com
ISBN_979−11−6186−066−4 43810

※ 책 값은 뒤표지에 있습니다.
※ 새론북스는 도서출판 꿈과희망의 계열사입니다.

달콤한 새벽

이예지 김민경 노진은 남아란 지음
배설화 엮음

꿈과희망

한여름 뙤약볕은 온데간데없고 바람이 차가워진 계절이 왔습니다. 이러한 날이 오면 책 한 권 읽기에 더더욱 좋은 날이지요? 독서의 계절이라 불리는 좋은 가을날, 우리 친구들은 한 권의 책을 냈습니다.

이 책은 달콤한 새벽이라는 디저트 가게의 주인인 송새벽의 삶과 가게에 찾아오는 손님들의 삶을 들여다보는 소설입니다. 작가들이 이야기하는 것처럼 가게의 손님들이 안고 있는 고민과 상처를 주인공 새벽이는 모른 척하지 않습니다. 주인공은 손님의 상처를 살피고 치유하면서 동시에 자신을 치유하는 과정을 겪는 것이 교사와 학생 같다고 생각했습니다. 또는 학생과 학생, 친구와 친구 사이에도 마찬가지겠지요. 그래서인지 저는 이 소설을 읽으며 마음이 따뜻해졌습니다.

달콤하고도 따뜻한 이야기가 가득한 이 책을 펴낸 아이들의 마음도 따뜻하리라 생각합니다. 이 책을 읽는 여러 독자들도 마음의 고민들을 하나씩 덜어 내고 따뜻함을 얻어 갈 수 있다면 좋겠습니다.

강북중학교 교사
배설화

이예지 작가

안녕하세요. 대구강북중학교 2학년 이예지입니다. 그저 책 읽기와 영화 보기, 그림 그리기를 좋아하고 공부하기 싫어하는 평범한 학생입니다. 이번 동아리를 통해 친구들과 함께 하나의 작품을 완성해 가는 좋은 기회로 경험을 쌓은 것 같아 뿌듯합니다. 처음으로 마음을 먹고 쓴 작품이라 미숙한 부분이 많겠지만 재미있게 책을 읽어 주셨으면 합니다. 감사합니다.

김민경 작가

안녕하세요. 대구강북중학교 2학년 김민경 작가입니다. 우리의 추억 하나하나에 디저트를 하나씩 붙이면 얼마나 달콤한 기억이 될까요? 저는 주인공인 새벽이의 추억에 맛있는 음식을 붙여 누구나 공감하고 더 따뜻해질 수 있기를 바라며 썼습니다. 여러분도 아름다운 추억을 더 따뜻하고 달콤하게 만드는 건 어떨까요? 이 책을 읽으며 느낀 따뜻한 마음으로 그 온기를 다른 사람에게 나누어 줄 수 있는 기회를 얻길 바라겠습니다.

노진은 작가

안녕하세요. 대구강북중학교 2학년 노진은 작가입니다. 지금 여러분이 읽고 있는 책이 제가 쓴 첫 번째 책이 되겠군요. 예전부터 책을 쓰고 싶었는데 드디어 소원을 이룬 것 같아요. 15살밖에 되지 않고 또 처음이라 부족한 점이 있겠지만 이 책을 읽을 때만큼은 여러분이 재미를 느꼈으면 좋겠습니다.

남아란 작가

안녕하세요. 대구강북중학교 2학년 남아란입니다. 말로만 책 읽는 게 좋다고 말하는 책 읽기가 귀찮은 여느 다를 것 없는 중학생입니다. 촉박한 마감일에 힘들어하며 안간힘을 써서 책을 쓰다 보니 이 세상의 모든 작가 분들이 다시금 존경스럽습니다. 책 쓰기에 도전하게 되어 기쁘고 조금 바쁘긴 했지만 좋은 결과물이 나온 것 같아 뿌듯합니다. 부디 재밌게 읽어 주셨으면 합니다.

차
례

봄봄 ────
노진은

여름 ———

김민경

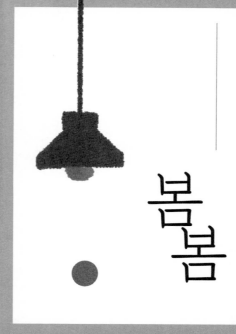

봄봄

노진은

봄 냄새를 맡으며
가게를 열다

화창한 아침, 가게 뒷문을 열었다. 불이 꺼진 어두운 가게에서 블라인드 사이로 햇빛이 작은 구멍을 내며 들어왔다. 나는 가게로 걸어가 블라인드를 올렸다. 제주도의 따스하고 눈부신 햇살이 가게 안 좁은 구석까지 환히 들어왔다. 좁은 가게에 아담하고 조용한 분위기가 가득 퍼졌다.

나는 깍지를 끼고 팔을 뻗어 기지개를 쭉 편 뒤 가게 앞문도 열었다. 꽃샘추위라 그런지 살짝 추웠지만 왠지 기분이 좋아졌다. 가게 앞문을 통해 나와 숨을 훅 들이마셨다. '음, 봄 냄새~' 잠시 가게 앞에서 눈을 감고 봄을 즐겨 보았다. 향기롭고, 모든 것을 새로이 시작하기 좋은 봄. 눈을 뜨고 가게 위에 있는 간판을 보았다.

'달콤한 새벽'.

읽기만 해도 달콤한 기분을 느끼는 것 같았다. 나는 눈을 뜨고 가게 안에 들어가 청소를 시작했다. 분명 어제 청소했는데도 바닥과 진열대에 먼지가 소복이 쌓였다. 원래 같았으면 뭉그적거리다가 빗자루를 겨우 들었을 텐데 오늘은 기분이 좋은지 힘든 것도 모르고 콧노래를 부르며 어제보다 더 깨끗이 청소했다.

청소를 다하고 나서 주방 불을 켰다. 간단하게 주방 바닥을 청소하고 요리 준비를 했다. 조리 기구는 어제 청소를 해 놔서 깨끗했다. 자고로 음식을 만드는 사람의 조리 기구는 깨끗해야 하는 법! 손목에 끼워 놨던 머리묶개로 머리를 단단히 묶고 음식을 만들기 시작했다. 조각케이크, 크루아상, 브라우니, 스콘, 롤케이크, 타르트, 마카롱 등등 쉴 틈 없이 계속 만들고 진열하고를 반복했다.

얼마나 지났을까. 얼추 디저트를 다 만들고 나서 주방에 있는 시계를 보았다. 8시가 다 되어 갔다. 나는 손에 묻은 밀가루를 씻고 옷매무새를 정리한 뒤 계산대에 있는 내 휴대폰, 지갑, 수첩들을 치웠다. 그리고 가게 문 쪽으로 가서 팻말을 'OPEN'으로 했다.

아침이고 아직 가게가 유명하지 않아 손님이 별로 없었다. 가게일을 시작하기 전엔 아침부터 손님이 와서 점심 먹을 새도 없이 바쁘게 움직이는 나를 생각했지만 막상 가게 일을 시작하니 기다림의

15

연속이었다. 계산대에 앉아 있다가 가게 한 바퀴 돌고, 또 휴대폰을 보다가 다시 가게 한 바퀴 돌고. 가게를 연 지 5분도 안 됐는데 벌써 지루해지고 급기야 잠이 오기 시작했다. 나는 계산대에 앉아 턱을 괴고 무겁게 짓누르는 눈꺼풀과 쟁탈전을 벌였다.

8시 10분쯤 되니 사람이 하나둘 길거리에 돌아다니기 시작했다. 나는 반쯤 눈을 감은 채 거리를 지나가는 사람들을 둘러보았다.
'이 남자는 정장을 입고 명찰도 했네. 취직한 지 얼마 안 됐나 보다. 여기는 예쁜 중학생들이네. 지각이라고 친구 잡고 뛰어가는 것 좀 봐.' 나는 살짝 피식하고 웃었다.
'또 여기는 유치원생인가 보네. 엄마랑 같이 손잡고 가니까 귀엽다.'

그러나 계속 한 군데만 보니 더 잠이 왔다.
"너무 일찍 문을 열었나 봐."
나는 계산대에 앉아 턱을 괴며 중얼거렸다. 그냥 이대로 자 버릴까. 어차피 손님도 없는데…… 그냥…… 5분만…… 잠의 유혹에 빠져 점점 몸이 기울어질 때, 한 남자아이가 가게 앞을 지나가다 멈춰 섰다. 손님인가……!

나는 깜짝 놀라 몸을 살짝 떨며 의자에 똑바로 앉아 허리를 쭉 폈다. 초등학교 저학년 아이 같았다. 어제 깎은 듯 차분하고 깔끔한 머리에, 흰색 티와 청바지를 입고 조금 커 보이는 책가방을 맨 귀여운 남자아이였다. 남자아이는 눈을 크게 뜨고 입을 헤~하고 벌리면서 가게 앞에 가만히 서 있다가 진열대에 있는 맛있는 디저트와 계산대에 앉아 있는 나를 빤히 쳐다보았다. 나는 남자아이에게 살짝 미소를 지어 주었다. 들어올까? 아님 그냥 지나갈까? 남자아이는 그렇게 가만히 있다가 그냥 지나갔다. 하긴, 등교 시간에 누가 가게에 들어오겠어. 다시 따분한 시간이 이어졌다.

특별한 손님을
만나다

오전엔 아무도 오지 않았다. 점심을 먹고 나서, 조금 있다가 첫 손
님이 들어오셨다. 나이가 많으신 할머니였다. 머리는 새하얗게 변했
지만 기운은 팔팔하신 것 같았다.

"호…… 혼저옵서예…….” 나이가 많으신 손님이라 그런지 알고
있던 제주도 사투리가 튀어나왔다. 할머니는 당황한 눈으로 나를 쳐
다보셨다. 아…… 내가 잘못한 걸까. 할머니는 계속 보시더니 가게가
다 울릴 만큼 크게 웃음을 터트리셨다.

"아이고~ 요즘 제주도 사투리 쓰는 사람이 어디 있다고. 그래. 제
주도 사람은 아닌 것 같은데 어디서 왔어?”

건강한 몸처럼 목소리도 건강하셨다. 나는 왠지 모르게 부끄러움
이 밀려왔다. 나는 모기도 못 들을 만큼 작게 말했다.

"서…… 서울이요……."

"어디라고??"

할머니는 가게가 부서질 만큼 크게 소리치셨다.

"서…… 서울이요!!"

나는 다시 목에 힘을 주고 말했다.

"아~ 이야~ 완전 끝에서 끝으로 왔네."

할머니는 웃으시며 말하셨다.

"요 케이크 하나 줘."

할머니는 블루베리 케이크를 손가락으로 가리키시며 말하셨다. 나는 케이크를 담아 종이 가방에 넣은 뒤 할머니께 드렸다.

"평소 운동하시나 봐요. 되게 건강하세요."

내가 말했다.

"그냥 하루에 한 시간만 하는데 얼마나 좋은지. 다들 나보고 어떻게 몸이 그렇게 좋냐고 하는 거야. 하하하. 운동하면 기분도 좋고 남들에게 칭찬도 듣고."

나도 같이 따라 웃었다. 케이크를 받아든 할머니는 돈을 내셨다. 거스름돈을 받아든 할머니는 가게 문을 열고 나에게 소리치셨다.

"수고헙서예!"

나는 웃음을 터트렸다.

2시쯤, 햇살이 강해질 무렵, 그 남자아이는 다시 나타났다. 학교를 마치고 집으로 가던 길인 것 같았다. 걔는 유리창에 얼굴을 붙이고 입을 살짝 벌리면서 디저트들을 하염없이 보고 있었다. 유리에 붙은 코와 볼이 귀여워 나도 모르게 풋 하고 웃음이 났다. 얼마나 먹고 싶었으면 그럴까…… 뭐 하나 정도 주는 건 괜찮지. 나는 가게 문을 열고 아이에게 말했다.

"먹고 싶으면…… 하나 줄까?"

그 아이는 흠칫 놀라며 똥그란 눈으로 나를 빤히 쳐다봤다.

"돈 없어도 괜찮아. 시식한다고 생각해."

나는 내가 낼 수 있는 가장 부드러운 목소리로 말했다. 그 아이는 수줍은 듯이 살짝 미소를 지으며 고개를 끄덕였다.

"가게 안으로 들어와."

나는 그 애를 데리고 가게에 들어왔다.

나는 아이를 의자에 앉히고 디저트를 둘러보았다. 어떤 디저트를 좋아할까. 초코가 듬뿍 들어간 브라우니? 달달한 마카롱? 폭신한 케이크? 한참동안 고민을 하다가 잠깐 옆을 보니, 남자아이가 멀뚱멀뚱 서서 아래를 보고 있었다. 이 분위기가 어색한 듯 가게 바닥 모양이 어떻게 생겼는지 보고 있었다. 때문에 나도 같이 어색해졌다.

"어…… 여기 앉아 있어."

나는 옆 탁자의 의자를 당겨 주면서 말했다. 남자아이는 내 눈치를 보는 듯 천천히 다가가 다소곳이 의자에 앉았다. 너무 기다리게 하면 안 될 텐데…… 그냥 물어보는 게 가장 좋을 것 같았다.

"혹시…… 뭐 좋아해……?"

"엄…… 딸기 들어간 거면 다 좋아요."

아이는 작은 목소리로 말했다. 나는 다시 디저트를 둘러보고 딸기 맛 컵케이크를 집었다. 컵케이크를 접시에 올려놓고 윗선반에서 얼마 남지 않은 코코아 봉지를 꺼냈다. 뜨거운 물에 남은 코코아 가루를 탈탈 넣어 컵케이크와 함께 가져갔다. 그리고 접시를 아이에게 주고 맞은편에 살며시 앉았다. 남자아이는 접시를 보자 어색함은 다 잊어 버리고 눈을 동그랗게 뜨며 "우와~!" 하고 말했다. 표정이 정말 확연히 드러나 만화에서 튀어나온 것 같았다.

"맛있게 먹어."

남자아이는 내 말이 끝나자마자 컵케이크를 집어 입으로 넣었다. 크게 한 입을 베어 오물오물 씹고 코코아를 입에 가져다대다가 뜨거워 잠깐 주춤하더니 후후 불고 다시 들이켰다. 빵을 얼마나 많이 집어넣었는지 볼을 찌르면 그대로 톡 터져 버릴 것 같았다. 남자아이는 먹다가 갑자기 고개를 들고 웅얼거리는 목소리로 말했다.

"아! 감다합니다. 마덨더요."

이 말을 까먹었었나 보다. 귀여우면서도 정말 예의바른 것 같다. 아이가 컵케이크를 반쯤 먹었을 때쯤, 다시 어색한 분위기가 흐르고 있었다. 이때 나는 아이에게 물었다.

"혹시 이름이 뭐야?"

"······ 이 윤이에요."

이번엔 윤이는 입에 있는 것을 꿀꺽 삼키고 말했다. 이 윤. 외자라서 그런지 특이해 보였다.

"몇 살이야?"
"9살요. 초등학교 2학년이에요."
"그래? 학교 어디 다녀?"
"조오~기 길 따라 쭉 가면 있는 동평초등학교예요."

"음~ 그러고 보니 새 학기 얼마 안 됐네. 새로운 반 어때?"
"엄······ 좋은 것 같아요. 친구들도 재밌고 좋아요. 처음에는 다들 혼자 지내더니 제가 먼저 인사하니까 같이 인사하면서 이제는 다 같이 놀아요."
"좋다니 다행이네. 담임 선생님은 어때?"
"선생님 완전 좋아요! 처음 볼 때 조금 무서웠는데 다음날에 수업하는데 진짜 재밌어요! 다른 반에 있는 제 친구가요. 자기 반 선생님이 너무 무섭대요. 어떤 애가 그 선생님한테 혼났는데 울었대요. 그런데 저희 선생님은 착하고 예뻐요! 헤헤."

윤이는 갑자기 선생님 얘기가 나오자 매우 흥분했다. 윤이의 얘기를 들으니 어색함은 이미 사라진 지 오래였다. 윤이는 컵케이크를 다 먹고 코코아를 들이키고 있었다. 얼마나 빨리 마시는지 10초가 안 지나서 컵을 비우고 말았다. 그러더니 짧게 후하~ 하고 숨은 뱉은 뒤 컵을 내려놓았다. 잠시 밖을 보는 듯하더니 고개를 핵 돌려 주머니에서 휴대폰을 꺼냈다.

"9살인데도 휴대폰 쓰는 거야?"

나는 놀라서 물었다. 초등학교 2학년짜리가 휴대폰을 쓴다고?

"제 친구들도 폰 다 쓰는데 뭘요."

기껏해야 30살인 내가 정말 늙은 노인네처럼 느껴졌다. 윤이는 휴대폰을 켜서 몇 시인지 보더니 의자에서 일어났다.

"저 이제 집에 가야 해요. 잘 먹었습니다."

"나야 고맙지. 빵 어땠어?"

"맛있었어요! 이거 아줌마가 만든 거예요?"

순간 나를 보고 아줌마라고 말한 게 당황스러웠지만 태연하게 넘어갔다.

"그럼."

"우와 대박! 근데, 그럼 엄청 비싸겠네요. 공짜로 먹어도 진짜 괜찮아요?"

어린 나이에 이런 생각까지 하다니. 나는 눈웃음을 지으며 말했다.

"괜찮아. 다음에 또 놀러 오는 게 돈 내주는 거야."

나는 접시를 치우며 농담을 던졌다. 이게 농담같이 들리진 않을 것 같지만…… 윤이는 짧게 "네!"라고 말하고 꾸벅 인사를 하더니 가게 문을 활짝 열고 뛰어갔다. 얼마나 세게 열었는지 가게 문이 순간 부서질 것처럼 덜컹 소리를 내더니 스르륵 닫혔다.

24시간 가게만
생각하는 나

윤이가 간 지 몇 시간이 지났다. 해도 지고 가로등이 켜졌다. 아이들과 외식을 가려는 가족들이 많이 보였다. 지금으로부터 한두 시간만 있으면 손님이 많아지기 때문에 이 지루함을 견뎌야 한다. 이렇게 무의미하게 가게를 뱅뱅 돌고 있을 때쯤, 손님이 오셨다.

"어서 오세요."

"안녕하세요."

젊은 여성분이었다. 와이셔츠를 입고 긴 슬랙스 바지를 입으셨다. 깔끔하지만 격식을 차리지는 않은 차림이었다. 어깨에는 큰 가방이 걸려 있었다. 안에 업무 자료들로 보이는 책들을 넣고 있는 것을 보니, 퇴근하고 바로 오신 것 같았다. 손님은 눈을 굴리며 진열대에 있는 디저트들을 보셨다.

"어떤 거 하시겠어요?"

나는 물었다.

"크루아상 하나랑 녹차케이크 하나요."

매우 부드러운 목소리였다. 나는 디저트를 포장하면서 말했다.

"금방 일 끝내고 오셨나 봐요?"

"네. 그렇죠. 요즘 너무 바쁘네요."

역시 봄에는 다들 바쁜가 보다. 나는 포장한 디저트를 건네드리고 계산을 했다.

45분이 지나고 나서, 한 가족이 들어오셨다. 엄마, 아빠, 아들, 딸 이렇게 잠깐 놀러온 것 같았다. 아이들을 보자 윤이가 잠깐 생각났다.

"우와, 여기 새로 생겼나 보네."

아내 분이 말하셨다. 가게 분위기가 꽤 마음에 들었는지 인테리어부터 조그마한 화분까지 가게 구석구석을 둘러보셨다. 아이들은 무슨 디저트를 먹을지 고르고 있었다.

"아빠, 나 이거."

"그면 나는 이거."

"야, 너 맨날 나랑 다른 거 고르면 내 꺼 뺏어 먹잖아."

아들은 발끈하며 딸에게 소리쳤다. 결국 둘이 티격태격 말다툼을 했다. 남편 분은 지켜보더니 둘을 떼어 내며 말했다.

"그만. 빨리 가자."

남편 분은 계산을 하고 포장된 디저트를 건네받고 급히 자리를 떠났다. 자녀들은 서로를 바라보며 씩씩대면서 밖으로 나갔다.

밤 9시 반쯤, 이제 가게를 정리할 시간이 왔다. 이제 손님도 별로 없어서 차라리 문을 닫고 집에 가서 쉬는 게 나을 것 같다. 남은 디저트를 처리하고 오늘 수익을 정리한 뒤, 가게 팻말을 'CLOSE'로 돌렸다. 가게 불을 끄고 뒷문으로 나와 집으로 걸어갔다. 아직 밤길은 조금 쌀쌀했다. 나는 가방에서 챙겨 온 카디건을 입고 다시 걸었다. 오직 가로등만이 내가 가는 길을 비추고 있었다.

집에 도착했다. 도착하자마자 씻고 소파에 앉았다. 잠깐 생각의 시간을 가졌다. 다른 가게들처럼 내 가게에도 무언가 새로운 것이 필요했다. 딱 이 가게에서만 살 수 있는 무언가. 요즘 계속 신제품 개발에 몰두를 하고 있었다. 하지만 반짝하는 아이디어가 떠오르지 않았다. 급기야 종이와 펜을 들고 이것저것 그려 보기 시작했다. 봄이나 꽃, 식물, 아니면 특별한 재료 등 생각나는 것을 모조리 적어 보았다. 그러나 마음에 드는 아이디어는 없었다. 많이 적긴 했지만 이것들을 어떻게 합칠지도 잘 모르겠다. 이렇게 머리카락만 몇 개 뽑히고 두세 시간 동안 시간만 허비했다. 이럴 바엔 그냥 잘걸.

아줌마도
좀 쉬어요

일주일이 지났다. 평소처럼 아침 일찍 나와 청소를 하고, 디저트를 만들고, 계산대 정리를 했다. 2시간 동안 아무도 오지 않았다. 기적처럼 오전 10시쯤에 오신 남성 손님 한 분께 마들렌을, 조금 나이가 들어 보이는 손님께 크루아상을 포장해 드린 후 간단한 점심을 먹었다. 그리고 손님 발자국으로 더러워진 바닥을 한 번 더 청소하고 계산대에 앉아 다시 따분한 기다림, 해가 머리 위로 내리쬐고 있으면 그제야 일할 맛이 났다.

손님들이 몰려오는 시간이다. 이렇게 얼마간은 몇 시인지도 모르고 움직이게 된다. 학원 끝나고 출출한 배를 채우러 오는 학생들, 어머니, 아버지들, 유치원 종일반을 마치고 엄마와 함께 가다가 빵을 사 달라고 조르는 아들딸까지 정말 많은 손님들이 가게 문을 열고 닫았다. 해가 지고 가로등이 켜질 때 손님들은 차츰 줄어들기 시작했다. 산책하다 잠깐 커피 마시러 온 두 손님을 끝으로 가게 불을 껐다.

집으로 걸어가면서 오늘의 매출은 어땠는지, 어떤 디저트가 가장 많이 팔렸는지를 생각했다. 특별했던 손님들도 생각하게 되었다. 그리고 드는 이 생각. 오늘 윤이는 안 왔네. 며칠 전 무료로 딸기 컵케이크를 먹으며 친구가 된 꼬마 손님. 가게를 열고 만나 본 몇 십 명의 손님들 중 가장 기억에 남던 손님이었다.

다음날이 되었다. 오후 장사로 넘어가면서 여분의 디저트를 만들고 있었다. 그러고 나서 계산대에 앉아 수첩을 꺼내 들고 어제 고민했던 신 메뉴들을 다시 생각해 보고 있었다. 딸랑. 가게 문이 열리는 소리가 들렸다. 나는 고개를 들었다.

"어서오세…… 어? 안녕?"
윤이였다.
"안녕하세요. 며칠 동안 안 찾아와서 죄송해요."
윤이는 우렁찬 목소리로 가게 안에 들어오며 말했다.
"오늘은 저 돈 들고 왔어요! 아줌마, 이 돈으로 또 맛있는 빵 만들어 주세요!"
윤이는 주머니에서 돈을 꺼냈다. 나는 손을 뻗어 돈을 받았다. 돈을 받자마자 윤이는 쪼르르 달려가 가게 주위를 둘러보기 시작했다.

윤이가 준 돈은 때 묻는 100원짜리 동전 세 개와 50원짜리 동전 하나였다. 이 돈으로는 망쳐버린 작은 디저트 하나도 사지 못한다. 하지만 이 사실을 말하면 윤이가 분명 실망할 것이다.

아니나 다를까, 윤이는 뿌듯한 표정으로 어쩔 줄 모르는 나의 얼굴을 보고 있었다. 나는 모르는 척하고 생크림과 딸기가 듬뿍 들어간 크루아상을 집었다. 이번에도 윤이는 전에 앉았던 자리에 앉아 기다리고 있었다. 나도 전과 같은 자리에 앉았다. 윤이는 전에 딸기 컵케이크를 보았던 것과 같이 크루아상을 보고 감탄을 했다.

"우와~ 이번엔 더 맛있겠다. 내가 돈 줘서 그런가?"

윤이는 두 손으로 크루아상을 집어 허겁지겁 먹기 시작했다. 나는 먹고 있는 윤이를 잠깐 보다가 말했다.

"이제 학교생활 적응 좀 됐겠네?"

"네! 제가 선생님과 다른 친구들이랑 며칠 동안 학급 꾸미기를 같이 했거든요. 그래서 계속 학교를 늦게 마쳐서 못 갔어요."

"안 힘들었어?"

"아니요. 오히려 좋았어요. 헤헤."

몇 시간씩 꾸미기 재료를 만들고 붙이면 힘들 것 같은데 윤이는 정말 재밌어했던 것 같다.

"꾸미기 좋아하나 봐?"

"아뇨 사실 작년까진 싫어했는데, 아니 다른 사람이 도와달라고 하면 안 했을 텐데 선생님이 도와줄 사람? 이러니까 갑자기 하고 싶어지는 거 있죠."

윤이는 말을 멈추더니 신제품 아이디어 수첩을 바라보았다. 그러더니 물었다.

"이거 뭐예요?"

"이거? 내가 가게에 다른 디저트를 만들려고 뭐 만들지 적어보는 거야."

"오~ 그래서 뭘 만들 거예요? 제가 먼저 먹을 거예요!"

윤이는 초롱초롱한 눈으로 바라보았다. 아직 메뉴도 안 정했는데…… 갑자기 부담이 느껴졌다.

"사실…… 아직 정한 게 없어. 그냥 생각 중인데 다 마음에 안 들어."

"아~"

윤이는 말끝을 흐렸다. 그러더니 다시 물었다.

"그럼 아줌마는 빵도 만들고 청소도 하고 새로운 빵 만드는 것도 생각하고 다 해요?"

"그렇지."

"헐. 그러면 언제 놀아요?"

윤이는 놀란 표정으로 크루아상 먹는 것조차 멈췄다. 그러면서 2

배나 커진 목소리로 쫑알쫑알 말했다.

"그러면 맨날 일한다는 거네요. 어떡해. 저는 하루라도 안 놀면 안 되는데. 아줌마는 어른이라 그런가. 아닌데 우리 엄마는 매일 놀고 싶대요. 그래서 주말에 어디 가자고 하고 제가 귀찮게 하면 "엄마도 좀 쉬자~! 힘들어."라고 해요. 근데 아줌마는 어떻게 쉬지도 않고 놀지도 않아요? 계속 일만 하면 재밌어요?"

그래. 어린 윤이는 이해하기 어려울 것이다. 하지만 빨리 신제품을 개발해야 손님도 늘 것이고, 장사도 더 잘될 테니까. 나는 일단 윤이를 진정시켰다.

"윤아, 진정해. 일을 열심히 해야 돈을 더 많이 벌 수 있잖아. 그걸로 옷도 사고, 맛있는 것도 사 먹을 수 있어. 돈을 많이 벌려면 빨리 새로운 디저트를 만들어야 해."

최대한 쉽고 침착하게 말했다.

그러나 윤이는 잠시 생각하더니 눈썹을 찡그리며 다시 입을 열었다.

"그래도 저는 싫을 것 같아요. 저도 심부름 하면 용돈을 받거든요. 한 번은 괜찮은데 계속 하라고 하면 용돈 받아도 안 해요."

윤이는 크루아상을 한 입 먹고 다시 말했다.

"그러니까 아줌마도 쉬어요. 놀기도 하고. 선생님 말로는 그렇게 해야 일도 재밌게 할 수 있대요. 저도 그렇게 생각해요. 하기 싫은 걸 계속 하면 모든 날이 다 재미없잖아요. 새로운 빵은 천천히 만들면 되죠."

윤이 말이 맞았다. 가게를 시작하고 나서 나는 한 번도 편히 쉰 적이 없는 것 같았다. 일주일에 한 번 늦게 문을 열어 그전에 쉴 수 있는 날이 있었지만 돈 생각에 그날에도 오래 장사를 하고 신제품을 구상했다.

"저 이제 갈게요."

윤이는 자리에서 일어나며 가게를 나갔다.

결심했다. 윤이 말대로 쉬는 날엔 무조건 쉬기로. 가게 생각도, 신제품 생각도 하지 말고, 놀러 가거나 빈둥빈둥 놀기. 가족들 안부도 물어보고 영화도 봐야지.

유채꽃밭에서
알게 된 비밀

이틀이 지났다. 오늘은 손님이 없어 늦게 문을 여는 날이다. 문은 3시쯤에 열어서 그전까지 많은 것들을 할 수 있었다. 오늘은 동네를 한 번 돌아보려고 한다. 집 앞에 문지기처럼 세워 놓은 자전거를 드디어 탈 수 있게 되었다. 제주도 하면 올레길이지만 너무 멀어서 그냥 동네에 길 양옆에 작은 유채꽃밭이 있는 곳으로 갈 예정이다.

물, 도시락을 챙기고 자전거 페달을 밟았다. 시원한 바람이 얼굴을 스치고 지나갔다. 옷 사이로 바람이 들어오면서 시원해졌다. 이렇게 몇 분을 달려 유채꽃밭에 도착했다. 길을 따라 달리면서 옆의 유채꽃들을 보았다. 유채꽃밭의 유채꽃들이 레몬 조각을 띄운 듯 노랗게 물들어 있었다. 길 가운데에 정자가 있었다. 정자 옆에 자전거를 세워두고 오른쪽에 있는 유채꽃들로 걸어갔다. 유채꽃 앞에 쪼그려 앉아 꽃을 유심히 들여다보았다. 뿌리를 내리고 있는 흙에서부터 꼿 꼿한 줄기, 푸른 이파리, 노란 꽃, 그 안에 있는 꽃가루까지. 그리고 천천히 일어서며 넓게 펼쳐진 노란 꽃들을 보았다. 몸과 마음이 맑 아지는 느낌이었다. 숨을 한껏 들이쉬고 다시 돌아가 정자에서 잠깐 앉아서 쉬었다. 앞에 있는 유채꽃과 저 멀리 보이는 집들을 바라보 며 봄기운에 취했다. 몸이 나른해질 때, 어떤 손이 내 등을 퍽! 하고 때렸다. 나는 화들짝 놀래며 소리를 질렀다.

"왁! 누구야!!"

뒤를 돌아보자 윤이가 있었다. 윤이는 장난스러운 표정으로 실 실 웃었다.

"뭐 그렇게 놀래요."

윤이는 재밌다는 듯 웃었다.

"뒤에서 놀래키면 어떡해. 깜짝 놀랐잖아. 그리고 아파!"

"히히. 그런데 여긴 왜 왔어요?"

"왜 오긴. 네 말대로 한번 놀아 보려고 왔다."

"우와~~~ 잘했어요."

윤이는 내가 기쁜 만큼 기뻐하는 것 같았다.

"그러면 너는 여기 웬일이야?"

"그냥 집 가다가 한번 들러봤어요. 제가 여기서 놀고 그러진 않죠."

또 나이 차이를 느끼는 순간이 왔다.

"어른들은 이러면서 노는 거야."

나는 맞받아쳤다.

"음~ 아! 선생님도 유채꽃 좋아한대요."

윤이가 뜬금없이 말했다.

"학교 담임 선생님?"

"네……."

윤이는 갑자기 얼굴이 붉어졌다. 그러더니 얼굴을 파묻고 다시 웃었다. 그냥 웃음이 아닌 것 같았다. 윤이는 조금 있다가 다시 말했다.

"사실…… 이건 비밀인데…… 엄…… 아무한테도 말 안 할 거죠?"

"당연하지."

비밀이라고 하니 진지해지면서도 궁금했다.

"음……. 저 선생님 좋아하는 것 같아요."

"응? 뭐라고??"

갑자기 몸이 멈췄다. 윤이가 한 말이 무엇인지 생각하는 것과 숨 쉬는 것 말고 모든 것이 그냥 멈춰 버렸다. 에이 설마. 정말 내가 생각하는 그 좋아함일까. 이때 윤이가 한마디 더 덧붙였다.

"진짜로 제가 짝사랑이라는 걸 하는 것 같아요."

내가 생각하는 좋아함 맞구나. 잠깐만. 머릿속이 혼란스러웠다. 제자가 선생님을 좋아한다. 그저 책에서만 보았던 상황을 지금 내 앞에 있는 꼬맹이가 겪고 있다니. 게다가 나이 차이가 거의 20살 이상일 건데. 지금 나는 당사자보다 더 혼란스러웠다. 오히려 윤이는 사

못 진지한 표정으로 나의 당황한 표정을 뚫어져라 보고 있었다. 나는 진정하고 윤이에게 물어봤다.

"그래. 선생님을 왜 좋아한다고 생각해?"

말이 이상하게 튀어나온 것 같다. 이 말은 윤이에게 따지려고 드는 것 같았다.

"내 말은, 선생님의 어떤 부분이 좋냐는 말이었어."

"선생님은 일단 착하고 예뻐요. 친구들이 어려워하는 구구단도 잘 가르쳐 주세요. 앉아 있기만 하는 걸 좋아하지 않는 저희들의 마음을 아시는지 가끔씩 운동장에 나가서 놀게 해 주세요. 목소리도 다정하시고 제 말에 잘 웃어 주셔서 좋아요. 진짜 천사보다 더 착한 것 같아요. 다른 반에 있는 친구가 말해 줬는데 걔 반 선생님이 누구 혼냈는데 걔가 울었대요. 그 선생님 진짜 무섭고 계속 소리만 지른다는데. 이거 얘기 했었나?"

"그런 것 같아."

나는 웃으면서 대답했다.

윤이는 말하면서 선생님 얼굴이 자꾸 떠오르는지 헤벌쭉 웃었다.

"그리고 가장 좋은 점은요……."

윤이는 사뭇 진지해진 얼굴로 말했다.

"선생님은 저희 말을 잘 들어주세요. 그래서 저희가 게임 얘기 하거나 어른들이 잘 이해 못하는 말을 해도 같이 들어주세요. 그래서 더 친구 같아요. 정말 편해서 좋아요. 선생님은 진짜로 들어줄 줄 아는 사람이에요. 그리고 다른 선생님들은 저희가 잘못하면 소리만 지르고 어떨 때는 때린다는데 우리 선생님은 아니에요. 저희가 잘못했다는 것을 깨닫게 해 줘요. 그래서 나쁜 애들도 선생님 말 듣고 잘못했다고 해요."

윤이의 말을 들어보니 내가 윤이라도 선생님을 좋아할 것 같았다. 나는 격하게 고개를 끄덕였다. 그리고 미소도 지었다. 윤이는 자리에서 일어나 정자에서 내려와서 마지막으로 나에게 말했다.

"아줌마도 어른이니까 선생님이 뭘 좋아하는지 알 것 같아요. 저 도와주실 거죠?"

나는 잠깐 망설이더니 이렇게 말했다.

"당연하지. 말만 해."

윤이는 내가 봤던 표정 중에 가장 밝은 표정을 짓고 유채꽃밭 사이를 유유히 걸었다. 나는 윤이가 가고 나서도 한참동안 가만히 정자에 앉아 있었다.

이루어질 수 없어

윤이가 가고 난 후 계속 그 일이 떠올랐다. 윤이의 고백 사건 이후 하루하고도 절반이 지났지만 윤이가 담임 선생님을 좋아한다는 상황이 어이없기도 하고 믿기지도 않고 조금 걱정되기도 하였다. 윤이의 짝사랑은 이뤄질 수 없다. 윤이가 사교성이 좋고 예의바른 아이라 하더라도 윤이가 선생님께 고백을 하면 선생님은 당연 거절할 것을. 이 사실을 언젠가는 말해 줘야 한다는 생각이 자꾸 맴돌았다. '아니야. 아직 윤이가 선생님을 좋아한다는 사실을 얼마나 진지하게 받아들이고 있는지 잘 모르잖아.' 나는 이 문제를 심각하게 받아들이지 않기로 했다. '그냥 하나의 이야기야. 그래 그냥 그렇구나 라고 생각해.'

"저기요? 저기요!"
누군가가 소리쳤다. 나는 정신을 차리고 그 누군가를 바라보았다.

손님이었다. 손님이 오신 줄도 몰랐다니. 나는 계산대에서 일어섰다.

"죄송합니다, 손님. 어떤 거 드릴까요?"

"딸기 타르트 하나 주세요."

저번에 오셨던 그 바쁜 젊은 여성분이었다. 말투가 부드러워서 기억이 났다. 나는 딸기 타르트를 집어서 포장을 했다. 일하는 중에 딴 생각하고 손님이 부르는데도 못 들은 내가 부끄러워지기 시작했다.

"디저트 나왔습니다. 아까 죄송했습니다."

"아, 아니요. 무슨 심각한 고민이라도 있으신가 보네요. 괜찮아요. 사람은 항상 골똘히 생각할 때 아무것도 안 들린다잖아요. 저도 그런데요 뭘."

"하하, 맞아요. 또 오세요."

손님의 말에 웃음으로 답해 주었다. 오늘도 하루가 저물어 간다.

윤이가 선생님을 좋아한다고 말한 이후 윤이는 한 번도 가게를 찾아오지 않았다. 무슨 일이 있는 걸까. 하지만 유채꽃밭에서의 윤이와의 대화는 잊을 수가 없다, 아니, 사실은 자꾸 그 생각이 난다는 것이 문제였다. 일하고 있을 때도, 집에서 TV를 볼 때도, 자기 전에도 자꾸 그 생각이 나면서 앞으로의 일들이 상상되기 시작했다. 고백을 거절당하고 우는 윤이, 나에게 선생님이 거절할 것을 버젓이 알고 있었는데 왜 말해 주지 않았냐고 원망하는 윤이, 죄책감을 느끼는 나…… 너무나도 많은 걱정과 생각들이 뭉치고 뭉쳐 큰 덩어리가 되어 내 가슴을 답답하게 했다. 이대로는 나도 윤이도 안 된다. 지금 말하지 않으면 둘 다 힘들어질 것이다. 나는 침대에 누워서 이불을 폭 덮고 생각했다. '그래. 내일은 윤이를 붙잡아서라도 말하는 거야. 도와주겠다고 한 것은 그냥 한 말이었고, 사랑은 이루어질 수 없어! 때로는 현실을 깨닫게 해 주는 것도 필요한 거야.' 나는 속으로 중얼거리며 잠에 들었다.

행복을 슬픔으로
만들고 싶지 않아

다음날이었다. 평소보다 1시간 더 일찍 가게를 나왔다. 사실은 왠지 모르게 잠이 일찍 깨서 빨리 준비하고 나온 것이다. 평소보다 더 빨리 청소를 하고 더 빠르게 디저트를 만들고 진열했다. 빨리 모든 것을 끝내고 윤이에게 말할 작정이었다. 윤이는 항상 8시 10분쯤에 오니까 20분 전에는 모든 것을 끝낼 계획이었다. 하지만 갑자기 주방에 벌레 떼가 들이닥치는 바람에 전기 파리채를 찾고, 놀란 마음을 달래고, 징그럽고 보기만 해도 몸이 가려워지는 벌레들을 잡느라 계획한 시간보다 20분을 더 소요해 버렸다. 벌레를 다 잡고 땀을 뻘뻘 흘리며 시계를 보니 8시 20분이었다. 윤이는 벌써 갔다. 혹시나 해서 기다려 봤지만 오지 않았다. 하긴, 요즘 들어 등교하는 윤이를 못 본 것도 사실이었다. 괜찮다. 방과 후가 남아 있으니까 말이다. 방과 후는 시간에 쫓기지도 않아서 말해 주기가 더 수월할 것이다.

오늘 윤이에게 현실을 말해 준다고 생각해서 그런지 부담감이나 걱정의 덩어리들이 느껴지지 않았다. 덕분에 일에 더 집중할 수 있었다. 손님들과의 상호 작용도 원활하고 운 좋게도 오늘 장사가 가장 잘되었다. 2시 반쯤이 되자, 심장이 뛰기 시작했다. 이게 뭐라고 이렇게 긴장하는 걸까. '송새벽 정신 차려! 아이의 순수함을 깨긴 하지만 어쩔 수 없잖아.' 나 스스로 달래고 있을 때쯤, 저 멀리서 윤이가 걸어오고 있었다. 오늘따라 기분이 좋아보였다. 입 꼬리가 귀까지 올라오고 일부러 발을 높게 들어서 방방 뜨는 기분을 온몸으로 표현하고 있었다. 윤이가 폴짝폴짝 뛰면서 커다란 책가방도 같이 들썩거리고 있었다. 나는 가게 밖으로 나가서 윤이를 불렀다.

"윤이야!"
윤이는 나를 돌아보며 허리를 숙이고 꾸벅 인사를 했다.
"아줌마, 안녕하세요."
"윤이야, 할 말이 있는데, 있잖아……."
밖에서 말하기가 민망하기도 하고 오래 가게를 비우면 안 되기 때문에 윤이를 안으로 데리고 들어왔다. 일단 윤이를 의자에 앉혔다.
"아줌마, 오늘은 아줌마가 먼저 나왔네요. 잘됐다. 오늘 얘기해주고 싶은 것도 있었는데. 근데 무슨 일 있어요?"
윤이는 망설이는 내 얼굴을 보고 걱정스럽게 말했다. 일단은 손님이니까 디저트를 줘야지.

"뭐 먹을래?"

"공짜로는 이제 안 받을래요. 그냥 물 주세요."

나는 주방에서 컵을 꺼내 물을 따랐다. 그냥 물만 주기에는 부족해 보여서 작은 마카롱을 하나 챙겼다. 그리고 윤이에게 주었다. 윤이는 물을 한 모금 마시고 웬일로 마카롱을 지금 먹지 않고 가방에넣었다. 그러더니 내가 말을 꺼내기도 전에 자기가 먼저 말을 꺼냈다.

"오늘 완전 대박인 일이 있었거든요. 오늘 국어시간에 선생님이질문을 했는데 애들이 다 대답을 못했단 말이에요. 질문이 그렇게어렵진 않은데 생각을 많이 해야 해요. 그리고 자기 생각도 말해야한단 말이에요. 그런데 자기 생각을 말한다고 맞히는 게 아니라 자기 생각이랑 답이랑 둘 다 말해야 한단 말이에요."

윤이는 질문의 내용만 주구장창 얘기를 했다. 윤이가 너무 빨리말해서 사실 어떤 질문인지도 잘 모르겠다. 윤이는 아랑곳하지 않고계속 이야기를 이어갔다.

"그래서 애들 다 조용히 있었는데 저는 알겠단 말이에요. 그래서손을 번쩍!(윤이는 손 드는 시늉까지 했다.) 했는데 선생님이 보고저를 시켰어요. 그리고 대답을 했는데 선생님이 박수를 이렇게 짝!짝!(이것도 진짜로 박수를 치는 선생님의 표정까지 따라했다.) 치면서 "이야, 윤이가 정답을 맞혔네! 정말 똑똑하다."라고 했어요!! 진짜 오늘 선생님한테 발표로 처음 칭찬받았어요. 전에도 선생님이 작은 칭찬을 했지만 이렇게 큰 칭찬이고 애들 앞에서 하는 건 처음이에요. 너무 좋아요. 지금 진짜 진짜로 행복해요. 헤헤. 다음에도 선생님한테 칭찬받았으면 좋겠어요."

윤이는 말이 끝나자 이제야 숨을 쉬었다. 볼이 붉어진 얼굴에서 숨이 작게 헉헉거리는 소리가 들려왔다.

"그런데 하려는 말이 뭐라 했죠?"

윤이는 나에게 물었다.

"어, 아, 아무것도 아니야. 그냥 가게에서 쉬..었다 가라고. 밖에 덥잖아…….."

"밖에 안 더운데…….."

적어도 오늘은 말하지 말자. 윤이의 이 행복을 깨고 싶지는 않았다. 윤이는 선생님을 좋아한다. 그것도 아주 많이. 좋아하는 사람을 포기하라는 말은 세상 어떤 말보다도 잔인하다. 그리고 윤이는 아직 어린데. 쉽게 말을 꺼내지 못하겠다. 그런데 갑자기 윤이에게 물어보고 싶은 게 생겼다.

"윤이야, 혹시 선생님 좋아하는 거 누가 알고 있어?"

"음…… ㅈ"

이때, 딸랑 하고 가게 문이 열리는 소리가 났다. 윤이 또래처럼 보이는 통통한 남자아이와 어머니처럼 보이는 여성분이 들어오셨다. 윤이는 그 손님을 보자마자 어! 소리를 내며 자리에서 일어났다.

"어. 야, 김동현!"

윤이는 그 남자아이에게 주먹을 내밀었다. 그 남자아이도 윤이를 보고 아는 척을 했다.

"이 윤! 하이!"

동현이라는 아이도 윤이를 보며 주먹을 갖다 댔다.

"안녕하세요."

윤이는 동현이의 어머니를 보며 인사했다.

"그래 윤아. 안녕."

동현이 어머니도 윤이에게 인사를 해 주셨다.

"야, 이윤. 근데 네가 왜 여기 있어?"

동현이가 물었다.

"나 여기 손님이야."

"단골인가 보네."

동현이 어머니가 말했다. 동현이 어머니는 윤이와 서로 알던 사이처럼 편하게 얘기하셨다.

"단골이 뭐예요?"

윤이가 물었다.

"가게에 자주 오는 사람을 말하는 거야."

"맞아요. 그리고 저 이 아줌마랑 친해요."

윤이는 고개를 끄덕이며 자랑스럽게 말했다. 동현이 어머니는 웃으시며 롤케이크 하나를 사셨다.

"그럼 이윤! 내일 봐!"

동현이가 다시 주먹을 내밀었다.

"내일 토요일이거든!"

윤이가 주먹을 맞대며 말했다.

손님들을 돌려보내고 나서 나는 다시 자리에 앉았다. 그리고 윤이는 다시 성숙한 모습으로 변했다.

"그래. 그래서 누가 알고 있는데?"

나는 하던 이야기를 마저 물었다.

"아줌마밖에 없어요."

예상외의 답변이었다. 보통 좋아하는 사람이 생기면 친구에게 말한다. 나도 어릴 때 그랬는데 윤이는 친구에게조차 말하지 않았다는 건데. 그런데 왜 나만일까?

"왜 다른 사람에게 말하지 않고? 동현이라는 친구는?"

"다른 사람들은 믿을 수가 없거든요. 동현이랑도 친하지만 일단 친구한테 말해도 언젠가는 친구가 다른 애들한테 말할 거고 그러면 모든 애들이 다 아는 거잖아요. 그러면 이제 애들이 저보고 놀리겠죠."

"그렇긴 하겠네."

몇 분이 지나고 윤이가 다시 집으로 갔다. 결국 윤이에게 얘기는 못해줬다. 지금 생각해 보니 너무 이르다고 생각한다. 이렇게 가게 문을 닫고 나도 집으로 갔다.

오랜만의
전화

집에 도착하고 나서, 샤워를 하고 수건으로 젖은 머리를 말은 채 소파에 앉았다. 그러고 보니 지금까지 엄마에게 안부 전화를 한 번도 안 한 것 같았다. 오랜만에 한 번 해볼까. 나는 엄마에게 전화를 걸었다. 살짝 늦은 시간이라 안 받을 수도 있는데…… 라고 생각하자마자 엄마가 받았다. 나는 조심스럽게 말했다.

"여보세요?"

"우리 딸~! 잘 지냈어?"

쩌렁쩌렁한 엄마의 목소리가 휴대폰 너머 울리고 있었다.

"나야 잘 지냈지."

"어휴, 잘 지낸다니 다행이네. 그래 밥은 잘 챙겨 먹고?"

"당연하지."

"그…… 장사는 잘되고 있는 거야?"

"처음엔 손님이 없더니 요즘 좀 많아지고 있어. 나름 재밌어."

"그래…… 그래도 잘된다니 다행이네. 제주도라서 많이 못 찾아가서 어쩌냐. 우리 딸 가게 어떻게 생겼는지도 모르고."

"휴대폰으로 찍어 줬잖아."

"그거랑 직접 보는 거랑 같냐!"

오랜만에 엄마 특유의 발끈하는 모습을 보니 너무 정겨웠다. 예전에는 목소리 커진다고 싫어했을 텐데 막상 떨어져 사니까 이마저도 좋았다. 갑자기 윤이가 생각났다. 엄마도 아이를 키워 봤으니까 아이의 마음을 잘 알지 않을까?

"엄마. 혹시 꼬맹이들이 어른들을 좋아하기도 해?"

"응? 그게 무슨 소리야. 좋아하는 게 진짜 사랑 말하는 거야?"

"어."

"뭐, 그럴 수 있지. 당연. 하하하."

당연하다고? 이게 대체 무슨 말일까. 엄마는 계속 말했다.

"너 옛날에 유치원 땐가 초등학교 땐가 하여튼 그때 누구 좋아했었는데. 배우 누구."

"아니. 연예인은 다들 좋아하지. 그런 거 말고 우리 주위에 있는 사람들 말이야. 어린애가 옆집 여자를 좋아한다든지."

"그런 건 모르지. 애들은 순수하니까 그럴 수 있지. 왜 애들은 조금만 좋아도 결혼하자 하던데. 아는 게 결혼밖에 없는 건지."

"그래? 그면 제자가 선생님을 좋아하는 경우는 있어?"

"제자가 선생님을? 그건 좀 아니야. 뭐 이야기 보면 고등학생이 선생님이랑 결혼하고 그러던데 그건 그냥 이야기잖아. 그런데 이건 갑자기 왜? 진짜 그런 사람 있어?"

"아니 그냥……."

"누가 너 좋아하니?"

"그런 거 아니라고!!!"

"그래 알았어. 그런데 하나 더 말하자면 선생님을 존경하는 그 마음이 사랑으로 느껴질 수 있대. 그러니까 지나친 존경이 사랑이 되는 거지."

"아…… 그럴 순 있겠다."

나는 작게 혼잣말했다.

"뭐라고?"

"아니야 아무것도. 나 이제 잘게."

"아 왜~ 나는 우리 딸이랑 더 얘기하고 싶은데."

"엄마도 자야지. 잘자."

"그래 끊어. 자주 전화해."

오랜만에 엄마랑 대화하니 기분이 좋았다. 에너지가 충전되는 느낌이랄까. 그리고 윤이의 짝사랑은 순수하지만 우리 주변에 일어날 흔한 일이 아니라는 것을 알았다. 그리고 윤이의 짝사랑은 선생님을 존경해서 생긴 것일 수도 있다는 것을.

윤이 선생님의
다른 점들

　그렇게 두 주가 지났다. 윤이에 대한 생각은 잠시 접어둔 채 가게
에만 집중하며 두 주를 보냈다. 5월이 되면서 꽃들이 하나둘 피기 시
작했다. 길가에 나란히 자리 잡고 있는 굵은 벚나무에서 분홍색 포
도같이 벚꽃이 피었다. 3월에 가게 근처에서 피었던 동백꽃은 거의
다 떨어지고 늦게 핀 동그란 동백꽃이 남아 있었다. 가게 앞을 청소
하다 발견한 민들레도 자신을 봐달라며 조그맣게 꽃을 피우고 있었
다. 잠시 가게 창밖을 둘러보며 봄의 풍경에 심취하였다. 숨을 크게
들이쉬고 흠~ 소리를 내며 내쉬었다. 내 마음이 한결 편안해졌다.

　눈으로 밖을 천천히 둘러보았다. 거리에 사람들 몇 명이 지나가
고 있었다. 지팡이를 짚고 걸어가시는 할아버지, 딸같이 보이는 유치

원생의 손을 잡고 어디론가 가는 여성, 초등학교 여자아이 셋, 남자아이 둘. 윤이는 보이지 않았다. 사실 오랫동안 윤이를 보지 못했다. 나도 윤이에 대한 생각은 잠깐 접어두고 다시 가게 일에 집중하려고 노력했다. 그리고 만약에 윤이를 만나면 전에 엄마랑 통화한 내용을 바탕으로 최대한 상처를 덜 주면서 설명을 해야겠다.

윤이가 오지 않으니 그저 손님들 접대하고 디저트 포장하고 계산하고, 또 접대하고 포장하고 계산하고…… 이런 따분한 반복이 이어졌다. 가게를 처음 차렸을 때는 손님이 오기만 해도 즐거웠는데 배가 부른 건지 손님이 많이 와도 뭔가 허전했다. 모든 것은 있으면 모르지만 없으면 왠지 빈자리가 느껴지는 것 같다.

그로부터 사흘이 지났다. 이렇게까지 윤이가 안 온 적은 처음이었다. 윤이가 안 오면 윤이의 짝사랑을 잊어 버릴 줄 알았는데 오히려 더 생각나게 했다. 엎친 데 덮친 격 다른 카페들은 벌써 시즌 메뉴나 신제품을 많이 판매하고 있는데 나는 신제품도 못 만들고 그저 평범한 디저트만 팔고 있었다. 근처 다른 카페들이 발전할수록 더욱 조바심이 나서 지금은 손님이 없는 틈을 타서 신제품 개발에 몰두하고 있었다.

오후 4시쯤이 되자, 손님들이 북적였다. 학원가기 전에 잠깐 뭘 먹고 가려는 중학생들, 학교 마치고 오는 자녀들을 위해 간식을 사는 부모님들, 일찍 퇴근하고 주말에 먹을 것을 사 가는 사람들. 좁은 가게는 사람들 발자국으로 가득 찼다. 나도 정신없이 이 주문 받으랴 저 디저트 포장하느라 바쁘게 움직였다. 정말 몸이 다섯 개면 참 좋겠다는 생각이 들었다. 파도처럼 몰고 간 손님들은 어느새 다 가고 없었다. 진열대에 디저트들을 채워 넣고 바닥 청소를 한 번 더 했다.

오후 5시 반쯤, 다시 평화의 시간이 찾아왔다. 나는 계산대에 앉아 뭉친 어깨를 풀었다. 퇴근길이 되었다. 분주하게 집으로 가서 아내를 반겨 주려는 남편들이 빠르게 움직였다. 거기에 반대쪽으로 뛰고 있는 키 작은 남자아이. 어딜 가는지 전속력으로 질주하고 있는…… 윤이? 윤이다! 그런데 오늘따라 윤이가 달라 보였다. 항상 여유롭게 걷고 있었는데 오늘은 뛰고 있었다. 나는 가게 문을 열고 윤이를 잡았다.

"윤이야! 어딜 그렇게 급하게 가?"

윤이는 나를 빤히 쳐다보더니 눈에 눈물이 고이기 시작했다. 그러더니 이내 울음을 터트렸다. 정말 서럽고 온 동네 사람들이 다 들을 수 있는 울음. 지나가던 사람들이 모두 쳐다보기 시작했다. 나는 윤이를 데리고 가게 안으로 들어갔다.

"윤이야, 왜 그래."

나는 윤이의 등을 쓰다듬으며 물었다. 윤이는 계속 울기만 했다.

"엄마가…… 나 공부…… 했는데…… 으아아앙!"

나는 주방에 가서 복숭아 아이스티 한 잔을 탔다. 그리고 윤이에게 주면서 진정시켰다. 윤이는 아이스티를 한 모금 마시자 진정이 된

듯하다. 그리고 입을 열었다.

"오늘…… 구구단 시험을 쳤는데……"

윤이는 훌쩍거리며 말했다.

"그런데…… 시험을 망쳤어요……. 근데 엄마가…… 그걸 보고…… 공부 안 했냐고…… 나는 시험 치기…… 이 주 전부터…… 수학시간에 졸지도 않고…… 엄청 많이 공부했는데…… 엄마는…… 듣지도 않고…… 어떻게…… 이런 점수를 받아올 수 있냐고…….."

윤이는 말하면서 더 울먹거렸다.

"그래 윤이야. 많이 속상하겠다."

"그런데…… 선생님은 내가 노력했으니까…… 괜찮다고…… 노력 점수는…… 100점이라고…… 지금처럼 더 노력하면…… 100점 맞을 수 있다고 했는데…… 엄마는…… 계속 혼내고…….."

윤이는 아이스티를 한 모금 더 마시고 얘기를 계속했다. 윤이의 억울한 마음이 울음에 섞여 나왔다.

"어른들은 나빠요. 자기는…… 처음부터 잘한 거 아니면서…… 맨날 우리보고 뭐라 하고…… 열심히 안 한 것도 아니고…… 그런데 맨날 공부하는 모습은 안 보고…… 점수만 보니까…… 그런 거 보면 선생님은 어른이 아닌 것 같아요…… 점수만 보는 게 아니거든요…… 항상 우리가 공부하는 모습을 보고 칭찬해 줘요……. 그래서 선생님이 좋아요. 제가 힘낼 수 있게 해 주거든요."

윤이의 진심이 드러나는 말이었다. 윤이 선생님은 윤이가 힘들 때 격려해주고 포기하려 하면 일으켜 주는, 그런 사람이었다. 그리고 윤이 선생님의 다른 점도 찾을 수 있었다. 항상 결과만 보는 몇몇 사람들과는 달리, 선생님은 과정과 노력을 중요시하셨다. 그리고 아이들은 이 다른 점을 좋아한다.

선물과 신제품

다음날이 되었다. 이제 점점 더워지고 있었다. 햇살은 더 강하게 내리쬐고 있었고 해 뜨는 시간까지 빨라지기 시작했다. 빛이 있으면 못 자는 나에게는 더 피곤한 날이었다. 나는 어제보다 더 일찍 눈이 떠지고 말았다. 암막커튼을 사야겠어. 나는 아침햇살에 눈을 비비며 생각했다. 씻고 오랜만에 옷장에서 반팔티를 꺼냈다. 아직 반팔티까진 아니지만 가게에 오래 있으면 덥기 때문에 오후를 위해서 입어야 겠다. 가게 문을 열자마자 어제 일이 생각났다. 윤이가 울면서 말한 일, 윤이에게는 선생님이 의지의 대상이라는 것. 윤이의 슬픈 표정이, 억울한 표정이 떠올랐다. 덩달아 가슴이 아프기 시작했다. 아침 장사 준비를 끝내자마자 손님이 들어오셨다. 너무 일찍 오셔서 당황했을 뿐만 아니라 말도 이상하게 나오고 말았다.

"어, 어서 오세요."

손님은 내 말에는 별 반응을 보이지 않고 메뉴판을 보기 시작했다. 와이셔츠와 바지를 입으신 중년의 남성분이었다. 회사 가방을 든 걸 보니 출근 전에 뭔가를 사 가려고 하시는 것 같았다. 손님은 고개를 내려 주문을 했다.

"아이스 아메리카노 하나 주세요."

나는 계산하고 주방에 가서 아이스 아메리카노를 만들어 드렸다. 손님은 받더니 바로 가게를 나가 시계를 보시며 발걸음을 빨리 옮겼다. 나도 돈을 정리하고 다시 앉아 밖을 쳐다보았다. 사람들이 북적이기 시작할 때 등교하는 초등학교 저학년 남자아이 한 명이 보였다. 작지도 크지도 않은 키에, 자기보다 조금 큰 책가방을 매고, 단정한 머리…… 어! 윤이다! 윤이는 그대로 가게 앞을 지나칠 것 같더니 갑자기 방향을 틀어 가게로 들어왔다. 윤이는 전날의 일은 다 해결된 듯 밝은 표정으로 가게 문을 세게 열고 들어왔다. 종도 같이 세게 흔들려 딸랑 소리가 크게 났다.

"안녕하세요!"

"안녕. 어제 그러고 괜찮았니?"

"네. 그리고, 할 말이 있는데요."

윤이가 굳게 다짐한 표정으로 말했다. 이상하게 긴장이 됐다.

"그래? 어떤 얘긴데?"

"선생님께 선물을 주고 싶어요. 선생님을 좋아하기도 하고 어제 선생님이 위로를 많이 해 주셨거든요. 그런데 선생님이 어떤 걸 좋아할지 잘 몰라서요. 아줌마는 여자고 어른이고 사람들을 많이 만나니까 잘 알 수 있을 것 같아요."

선물이라…… 가게 일을 하면서 선물을 사 가시는 손님은 많았지만 아직 추천은 한 번도 해 보지 않았다. 더군다나 얼굴도 보지 못한 사람의 선물을 골라달라니.

"나도 선물은 잘 모르겠는데. 어떡하지?"
"아줌마 가게에 있는 빵으로 선물을 사면 되죠! 아줌마 가게니까 아줌마가 제일 잘 알 거 아니에요. 선생님이 어떤 빵을 좋아하는지 모르겠지만 그건 나중에 물어볼 수도 있고…… 아줌마 가게에 오는 여자들은 어떤 거 좋아해요?"
"응? 아, 여자들도 나이에 따라 좋아하는 게 다르거든. 젊은 사람들은 작고 가볍게 먹을 수 있는 디저트를 좋아하지. 예를 들면 컵케이크나 타르트, 마카롱 같은 거."
"한 번 볼 수 있어요?"

나는 카운터 앞에 있는 진열대에서 내가 말한 디저트를 손가락으로 가리켰다. 윤이는 둘러보더니 또 다시 돌아보기 시작했다. 꽤 신중하게 고르고 있었다. 눈썹은 찡그리고 있었고 눈은 빠르게 디저트들을 훑어보고 있었다. 그렇게 몇 분이 흘렀을까. 윤이는 찡그린 얼굴로 말했다.
"잘 모르겠어요. 그냥 아줌마가 골라주세요. 이런 거는 얼마씩 해요?"

"이런 작은 디저트는 얼마 안 하지만 여러 개를 사면 만 원이 넘지. 보통 사람들이 선물을 할 땐 여러 개를 사긴 한데…… 괜찮겠어?"

"괜찮아요. 그럴걸요……."

윤이는 말끝을 흐리며 대답했다. 초등학교 2학년에겐 만 원은 큰 돈일 테니까.

"안 되면 내가 할인해 줄게."

"아니요. 돈 모을 수 있어요."

윤이는 손사래를 치며 말했다. 더 이상 신세를 지기 싫은 것 같았다. 그리고 한 마디를 더 말했다.

"저 선물을 주면서 선생님께 고백해 볼까 봐요. 헤헤. 지금 안 하면 계속 못할 거니까 이번에 용기내서 할 거예요."

윤이의 볼이 살짝 빨개졌다. 정말 어떡하면 좋을까. 선생님은 이상하게 생각할텐데. 그리고 선생님은 윤이의 사랑을 진심으로 여기지 않을지도 모른다. 이렇게 되면 윤이는 상처를 받을 것이다. 지금이라도 윤이의 기대를 낮춰야 할 것 같다.

"어…… 그런데 말이야. 선생님이 네 고백을 거절하면 어떡해?"

이 말을 듣자마자 윤이의 입꼬리가 살짝 내려갔다. 그러더니 목청을 높이며 소리쳤다.

"그렇게 말하지 말아요! 선생님은 제가 좋대요. 그러니 제 마음을 이해할 거예요."

윤이의 말에 할 말을 잃고 말았다. 순수한 아이의 마음을 단칼에

자를 수가 없었다. 어쩔 수 없이 나는 이렇게 말했다.

"미안해. 그럼 선물 언제까지 만들어 줄까?"

"금요일까지요. 저 편지도 써놨어요."

윤이는 기다렸다는 듯이 말했다. 금요일이면 이틀밖에 시간이 없었다. 디저트는 바로 만들 수 있지만 결정을 못하겠다. 결국 윤이는 학교에 가야 한다며 금세 밖으로 나갔다. 윤이는 고백한다는 생각만 해도 행복해지는 것 같았다. 하지만 윤이도 언젠간 알아차릴 것이었다.

오전에는 윤이 한 명밖에 오지 않았다. 정말 그 3시간 동안 잠이 와서 거의 졸 뻔했다. 그런데 오후로 넘어가자마자 손님이 하나둘 모이기 시작했다. 학교가 점심을 먹고 일찍 마쳐 주스를 마시러 온 초등학생들이 왔다. 4명이서 똑같이 레몬에이드를 시키고 테이블에 앉아 한참동안 이야기를 하다가 갔다. 그 뒤에 늙은 할아버지가 손자를 데리고 케이크를 사 가셨다. 그리고 4시 반쯤이 되자, 처음에 내가 제주도 사투리를 써서 당황했던 건강한 할머니와 그 친구분들이 오셨다. 모두 몸에 쫙 붙는 운동복을 입고 몇몇 할머님들은 물통을 들고 계셨다.

"서울 여자, 나 왔어! 이번엔 친구들도 같이 왔지. 계속 내 건강한 몸을 부러워하더니 몇 주 전부터 같이 운동하면서 놀고 있어."

할머니는 가게 문을 벌컥 열고 들어오셨다.

"어서 오세요."

나도 같이 크게 말했다.

"여기 빵이 그렇게 맛있다며."

할머니 친구분 중 가장 키가 크신 분이 말하셨다.

"그래. 내 딸이 여기를 꼭 와보라고 하더라."

몸이 꽤 마르신 분이 말하셨다.

"내가 여기 오자고 했어. 서울 여자 빵 먹어보니까 꽤 재능이 있어."

할머니가 말씀하셨다.

"그런데 이렇게 맛있는데 손님이 별로 없는 것 같단 말이지. 내가 매일 요 주변을 도는데 저쪽 골목에 손님들이 많더래. 여기도 맛있는데."

선글라스를 티의 목 부분에 걸고 립스틱을 진하게 바르신 할머니가 말하셨다. 나도 그 가게를 봤다. 메뉴도 많고 가게도 예쁘고 심지어 포토존까지 있어서 인생사진을 찍으러 오는 사람들로 매일 북적인다.

"그거는 내 아들이 장사를 해서 들었는데 가게는 창의적인 사람이 해야 한다고 하더라고. 그 가게만의 독특한 메뉴가 있어야 사람들이 궁금해서 찾는다고."

검은색 운동복을 입으신 할머니가 말하셨다. 그분 말씀이 맞다. 나만의 신제품이 있어야 사람들이 찾는다. 이런 것들은 다른 가게에도 있다. 그러니 사람들은 언젠가 나의 평범한 디저트에 질려 버릴 것이다.

"맞는 말이네. 그러니까 서울 여자. 당신도 재밌는 메뉴 좀 만들어봐. 재능이 있으니까 할 수 있을 거야."

할머니가 말하셨다.

"그래. 우리가 먼저 먹을 거야."

립스틱을 진하게 바르신 할머니가 한술 더 뜨면서 말하셨다. 다른 사람들도 "맞아, 맞아."라고 하시며 웃으셨다.

할머니들은 떠들다가 디저트 몇 개와 커피를 사가셨다. 할머니들의 말을 듣고 열정이 불타오르는 동시에 신제품에 더 조바심이 났다. 점점 내 신제품 개발을 아는 손님이 생기면서 그 기대감에 찍 하고 눌려 버릴 것 같았다. 나는 손님이 없는 틈을 타서 수첩에 신제품 아이디어를 적었다. 하지만 이것도 마음에 안 들기 시작했다. 이미지가 그려진다 해도 재료나 색깔, 맛의 조화도 고려를 해야 해서 정말 어려웠다.

머리카락을 잡고 생각을 하던 중 딸랑. 소리와 함께 누군가가 들어왔다. 밖을 보니 해가 지고 있었다. 저번에 오셨던 그 젊은 여성분이었다. 오늘도 퇴근하고 바로 오셨는지 종이가 가득 들어 있는 가방을 들고 오셨다. 벌써 세 번째 오신 손님이셨다. 여성분은 잠시 고민을 하더니 말했다.

"녹차라떼 하나 주세요."

나는 라떼를 만들러 주방으로 갔다. 그런데 손님은 기다리다가 카운터에 놓인 내 수첩을 보고 있었다. 보아선 안 되는 건 아니지만 부끄러웠다. 손님은 계속 보시더니 말했다.

"신제품 개발 중이셨나 봐요."

"아, 네……."

나는 작게 말했다. 또 신제품 개발에 대해 아는 손님 추가요.

"혹시 보면 안 되는 거였나요? 죄송해요."

"아니요. 괜찮아요. 그냥 끄적거린 건데."

"항상 새로 만드는 게 어렵죠. 원래 있는 건 잘 만들 수 있는데."

"그렇죠."

손님 분은 내 마음을 잘 아는 것 같았다. 나는 라떼를 컵에 담고 손님에게 건넸다.

"녹차라떼 나왔습니다."

"감사합니다. 신제품 개발 파이팅하세요."

손님은 눈웃음을 지으며 말하셨다. 나도 미소로 답했다. 그나저나 신제품도 만들어야 하고 윤이 선물도 골라야 하고. 생각할 일이 너무 많았다. 한편으로는 윤이에게 선물을 만들어 줘야 하는지도 고민이었다. 지금이라도 알려 줘야 하지 않을까.

'아니야. 답답하게 굴지 말자. 윤이도 자기 일은 자기가 책임져야 한다는 것을 알아야 해. 그냥 놔두자.'

마카롱에 꽃을
뿌리다

다음날이 되었다. 이제 윤이의 선물을 골라야 한다. 여성들은 케이크나 마카롱을 많이 사 간다. 그런데 케이크는 잘못하면 망가질 수 있다. 그러면…… 마카롱으로 해야겠다. 나는 마카롱이 진열되어 있는 칸으로 가서 요리조리 보았다. 마카롱은 보통 여섯 개에서 열 개 정도로 포장하니까 여섯 개 맛으로 골라야겠다. 딸기, 초코, 사과, 커피 등등 여러 가지 맛이 있어서 고르기가 더 힘들었다. 손님을 맞이해야 하기 때문에 일단 마카롱 생각은 잠시 접어두었다.

오후 3시가 되었다. 가다가 학교에서 돌아오는 윤이를 만났다. 윤이도 나를 보고 가게 안으로 들어왔다.
"아줌마, 안녕하세요."

"윤이야, 안녕."

"아줌마, 선물 골랐어요?"

"마카롱으로 할 거야. 괜찮지?"

"당연하죠! 저번에 아줌마가 주신 마카롱 진짜 맛있었어요."

다행히 윤이는 좋아하는 것 같았다.

"마카롱 어떤 맛 할지 고를래?"

"네."

윤이는 마카롱 칸으로 가서 열 몇 개나 있는 마카롱을 유심히 보았다.

"사실…… 저 평범한 건 싫어요."

윤이가 갑자기 말했다.

"응?"

나는 무슨 말인지 몰라서 되물었다.

"좋아하는 선생님한테 선물하는 건데 뻔한 건 싫어요. 조금 특별한 걸 원하는데."

여기서 더 특별한 게 뭘까. 혹시 윤이가 내 신제품을 원하는 걸까. 길게 침묵이 이어졌다. 윤이도 특별한 마카롱을 생각해 보는 중인 것 같았다. 그러더니 갑자기 이렇게 말했다.

"봄에 꽃 진짜 예쁘게 피지 않아요? 아, 그리고 선생님은 꽃을 좋아해요. 마카롱도 꽃처럼 예쁘면 좋을 텐데…… 헐 생각났다! 마카롱에 꽃을 놓으면 어때요? 마카롱에 꽃을 뿌린다든지 마카롱 안에 꽃을 넣어서 예쁘게 만드는 거예요. 어때요? 봄에 잘 맞는 것 같지 않아요?"

"엄…… 그거 꽤 괜찮은 생각이다!"

윤이의 아이디어가 정말 좋은 것 같다. 마카롱에 봄을 상징하는
꽃이라. 그런데 진짜 꽃을 쓸 순 없고 어떡하면 좋지. 그래도 보완만
하면 예쁜 마카롱이 될 것 같다. 그리고 내 신제품 개발에도 도움을
줄 수 있을지도 모른다. 윤이는 뭐가 그렇게 바쁜지 그렇게 아이디
어만 내고 갔다. 나도 생각을 좀 해 봐야 할 것 같다.

봄꽃 마카롱

봄꽃 마카롱. 수첩에 이렇게 적었다. 봄꽃이라 하면 벚꽃, 유채꽃, 민들레, 동백꽃? 동백꽃은 겨울에 피니까 지우고. 진달래. 꽃은 이 정도 해서 벚꽃 두 개, 유채꽃 두 개, 민들레, 진달래 하나씩 만들면 되겠다. 꽃을 어떻게 표현하느냐가 문제였다. 그리고 꽃들의 구체적인 모양을 생각하려니 잘 떠오르지 않았다. 그래! 밖에 나가서 관찰해 보자. 나는 가게 불만 끄고 바로 유채꽃밭으로 달려갔다.

전에도 가 봤지만 유채꽃밭에 유채꽃이 더 많이 핀 것 같았다. 이제는 그냥 노란 땅 같았다. 햇빛에 유채꽃들이 반사되어 빛이 나는 것 같았다. 나는 유채꽃밭 가에 쪼그리고 앉아 유채꽃 줄기를 살짝 잡아당겨 꽃을 유심히 보았다. 한 줄기에 여섯 개의 꽃이 붙어 있었다. 옹기종기 붙어 있으니 더 예쁜 것 같았다. 한 개의 꽃에 네 개의 노란 꽃잎이 작게 붙어 있었다. 마카롱에 유채꽃을 올릴 땐 작게 여러 개를 붙여야겠다.

다음은 큰길가에 있는 벚꽃을 보았다. 벚꽃도 한 가지에 여러 개가 붙어 있었다. 분홍빛 가운데를 중심으로 하얀 꽃잎이 다섯 개 붙어 있었다. 봄꽃 중에서 내가 제일 좋아하는 꽃이 벚꽃이다. 이것도 마카롱에 올릴 때 여러 개를 올려야겠다.

큰길을 지나 골목으로 들어가기 전에 오른쪽에 진달래가 피어있다. 덤불같이 자란 진달래 가지에서 꽃이 앙상한 가지를 소복히 덮어 주었다. 분홍색 덤불같은 것이 정말 예뻤다. 꽃은 여럿이 붙어 있을 때 더 아름다워 보이는 것 같다.

다음은 가게로 돌아와서 가게 앞에 핀 민들레를 보았다. 민들레의 매력은 홀로 피어 있는데도 소박하게 예쁘다는 것이다. 가운데부터 길쭉한 꽃잎이 장미처럼 둥글게 퍼지면서 하나의 꽃을 만들었다. 민들레는 마카롱에 하나만 올려야겠다.

꽃들의 모양은 이제 정확히 묘사할 수 있었다. 그런데 문제는 이 꽃들을 어떤 재료로 만들 것인지다. 보통 모양을 낼 수 있는 것은 초콜릿 아니면 빵밖에 없는데 둘 다 어울리지 않았다. 앉아서는 잘 생각이 나지 않아서 주방을 둘러보았다. 갖가지 재료가 있었지만 별로 떠오르는 것이 없었다. 오늘 안에 생각을 해야 했다. 이제 시간이 없었다. 무슨 생각이었는지는 모르겠지만 갑자기 시장에 가면 떠오를 것 같았다. 음식을 많이 보면 아이디어가 더 잘 생각날 것이다. 그리고 근처 시장으로 전력질주 했다.

제주도 시장은 처음인 것 같았다. 가게에 있는 재료들은 양이 많아서 주문하거나 집 근처 슈퍼에서 사곤 했다. 그래서 더 색달랐다. 길 따라 신선한 과일과 채소를 팔고 있었고 사람들이 장바구니를 들고 이리저리 물건들을 보고 있었다. 더 안쪽으로 들어가니 이불이나 접시를 파는 곳도 있었다. 서울에도 시장이 있지만 제주도와는 분위기가 달랐다.

계속 들어가니 유명한 브랜드의 빵집이 있었다. 빵집에 진열된 케이크가 먼저 눈에 들어왔다. 아이들을 위한 캐릭터를 주제로 만든 초코케이크. 두꺼운 초코 코팅을 씌운 빵 위에 설탕 공예로 만든 버스 캐릭터를 올렸다. 잠깐만. 설탕 공예……? 바로 그거다! 설탕 공예! 왜 생각을 못했을까. 설탕이라서 먹을 수도 있고 모양을 냈을 때 가장 보기 좋다. 나는 다시 뒤를 돌아 가게로 뛰어갔다.

숨을 헉헉거리며 가게에 도착했다. 바로 주방불만 켠 뒤 앞치마를 둘러매고 백설탕 한 봉지를 꺼냈다. 마카롱은 작기 때문에 설탕 공예도 작게 만들면 된다. 설탕을 끓이고 색깔을 내고 나서 그 설탕을 잡아당겨 찰흙처럼 쫀득쫀득하게 만든 후 모양을 내기 좋게 만들었다. 그렇게 색깔별로 다양한 설탕 덩어리를 만든 후 설탕 공예를 시작했다. 꽃의 가운데 동그란 부분을 만들고 꽃잎을 만든 후 핀셋으로 붙였다. 이게 잘 되면 나중에 신제품으로 내놓아도 될 것 같다는 욕심이 생겼다. 몇 시간이 지나자 하얀 벚꽃, 노란 유채꽃, 얇은 꽃잎을 여러 개 붙여서 만든 민들레, 그리고 분홍빛의 진달래가 완성되었다.

생각보다 잘 나온 것 같았다. 설탕 꽃들이 빛을 반사해 반짝이고 있었다. 이것을 여러 개 더 만들고 꽃에 어울리는 마카롱 색깔을 정했다. 진한 갈색의 초코 마카롱에는 벚꽃, 녹차 마카롱에는 유채꽃, 사과 마카롱에는 민들레, 그리고 커피 마카롱에는 진달래를 놓기로 정했다. 그러나 설탕에 또 설탕을 올리니까 너무 단맛이 날 것 같았다. 마카롱도 다시 만들어보기로 했다. 설탕공예는 단맛을 적게 할 수 없으니까 마카롱의 크림에 설탕을 적게 넣어서 단맛을 줄였다. 만든 마카롱에 꽃들을 붙였다.

내가 생각해도 정말 아름다웠다. 특히 유채꽃 마카롱은 동네 유채 꽃밭을 연상했다. 민들레도 크게 한 송이를 만들어 땅에 홀로 핀 민들레를 잘 표현한 것 같았다. 마카롱을 보면서 뿌듯했다. 확실히 신제품으로 내놓아도 괜찮을 것 같았다. 나는 마카롱을 냉장고에 넣고 가게를 청소한 뒤 기쁜 마음으로 퇴근했다.

윤이의 결말

다음날, 윤이가 선물을 가지러 오는 날이었다. 윤이는 평소보다 훨씬 더 일찍 왔다.

"윤이야 안녕. 어제 아이디어 고마웠어. 덕분에 정말 좋은 마카롱을 만들 수 있었어."

나는 이렇게 말하면서 선물을 보여 주었다. 예쁜 상자에 담긴 봄꽃 마카롱을 보고 윤이는 감탄했다.

"아줌마 완전 대박이에요. 진짜 예쁘다. 선생님이 엄청 좋아할 것 같아요."

나는 이 말을 듣고 말할 수 없을 만큼 기분이 좋았다. 윤이는 한 마디 더 덧붙였다.

"아줌마 이거 가게에 팔아도 될 것 같아요."

그 말을 듣고 깜짝 놀랐다. 윤이도 내가 신제품을 만든다는 이야기를 잊지 않고 있었구나.

"그래도 될까? 이 마카롱의 반은 네가 생각한 거니까 네 생각도 알아봐야하지."

"전 괜찮아요. 그리고 아줌마가 가게에서 팔면 저도 먹을 수 있잖아요. 헤헤."

윤이는 웃으며 주머니에서 천 원짜리 지폐 열 장을 주었다. 그러더니 이렇게 말했다.

"저도 아줌마처럼 이거 사려고 열심히 일했어요."

나는 웃었다. 윤이는 마카롱에 손수 쓴 편지를 넣고 학교로 갔다.

가게 일을 하면서도 고백의 결과가 궁금했다. 선생님은 어떤 반응을 보였을까. 혹시 윤이가 실망하지는 않았을까. 가다가 넘어져서 마카롱이 망가지면 어떡하지. 등등 걱정이 마구 들었다. 저번처럼 오후 3시가 되자, 윤이는 가게로 다시 왔다. 들어올 때의 표정은 기쁜지 슬픈지 잘 모르겠다.

"왔네? 뭐 줄까?"

"아니요. 일단 앉아 보세요."

나는 주방으로 가려다가 윤이 맞은편에 앉았다. 윤이는 아무 표정도 짓지 않았다. 정리를 한 걸까. 나도 얼른 윤이가 말을 꺼내기를 기다렸다.

"제가 아침에 선생님께 선물을 드렸어요. 그리고 자습시간에 슬쩍 보니까 제 편지를 읽고 있었어요. 그래서 저는 계속 몰래 지켜보기만 했어요."

✳ ✳ ✳

　윤이는 편지를 읽고 있는 선생님을 보았다. 선생님은 아무 표정도 짓지 않고 편지를 읽어보기만 했다. 윤이는 가슴이 콩닥거렸다. 얼굴은 빨개지고 심장소리만 들렸다. 읽고 있던 책은 더 이상 눈에 들어오지 않았다. 눈동자는 오로지 선생님만을 향했다. 이때, 선생님이 윤이를 보았다. 윤이는 화들짝 놀라며 고개를 숙여 책을 보는 척했다. 선생님이 고개를 돌리자마자 윤이는 책을 세로로 세우고 그 속에 얼굴을 넣었다. 얼굴이 달아올라 금방이라도 터질 것만 같았다. 선생님이 어떤 반응을 보일지, 과연 윤이의 마음을 알지 모르겠다. 윤이는 선생님이 어떤 표정을 짓는지 보고 싶었지만 책에서 얼굴을 뗄 수가 없었다. 윤이는 그저 애가 타는 마음만을 졸이며 빨리 종이 치길 바랐다. 종이 치면 편지를 읽은 선생님이 윤이에게 무슨 말이라도 할 것 같았기 때문이었다.

　10년 같은 10분이 지나고 드디어 종이 울렸다. 친구들은 반 밖으로 뛰쳐나가거나 다른 친구들 책상으로 가서 떠들었다. 윤이는 가만히 앉아 있었다. 자신이 아무데도 가지 않으면 선생님이 저를 발견하고 부를 것 같았다. 하지만 쉬는 시간 10분 동안 선생님은 단 한 번도 윤이를 보지 않았고 부르지도 않았다. 윤이는 살짝 아쉬웠지만 쉬는 시간은 아직 많았고 애들이 없는 방과 후에 부를지도 모른다.

　윤이는 1교시 준비를 했다. 선생님은 수업을 하는 중에도 전날과 아무 변화 없이 태연하게 수업을 했다. 윤이는 수업 중에도 선생님을 바라봤다. 선생님은 윤이를 바라보지 않고 교과서와 칠판만 번갈아 바라봤다. 가끔씩 반애들을 한 번씩 보았지만 윤이를 집중적으로 바라보고 있다는 생각은 들지 않았다. 그렇게 하루가 끝났다. 선생님은 한 번도 윤이를 부르지 않았다. 회피하지도 않았다. 정확히 말하자면 아무런 특이한 점도 찾아볼 수 없었다. 윤이는 마지막 희망을 갖고 수업이 마쳐도 교실에 있었다. 거북이처럼 느리게 가방을 싸기 시작했다. 윤이가 가방 지퍼를 잠글 때는 반에 선생님을 제외하고 교실에 아무도 없었다. 윤이는 가방을 천천히 매고 나가려고 한 발을 떼는 순간, 선생님이 불렀다.

"윤이야. 이쪽으로 잠시 와 볼래?"

윤이는 선생님 자리 쪽으로 갔다. 선생님은 다가오는 윤이에게 시선을 맞추었다. 윤이는 빨개지려는 얼굴을 최대한 숨기려고 바닥을 보며 걸어왔다. 선생님 자리에 도착한 윤이는 손가락을 만지작거리며 서 있었다. 선생님은 아무 말도 하지 않고 앞에 놓인 윤이의 편지를 보셨다. 윤이는 더 애가 탔다. 꼼지락거리는 손가락에서 땀이 났다. 얼마나 지났을까. 선생님이 입을 여셨다.

"이거 윤이가 썼지?"

윤이는 그저 고개만 끄덕였다. 선생님은 편지를 한 번 더 보시더니 다시 말했다.

"윤이가 정말 선생님을 좋아하는 거야?"

윤이는 이때가 기회라고 생각했다. 윤이는 인생의 모든 용기를 끌어 모아서 말했다.

"네! 선생님이 정말 좋아요. 선생님이랑 사귀고 싶어요."

선생님은 윤이를 보며 당황한 표정을 지었다. 그러나 몇 초 지나지 않아 피식하고 웃음을 작게 터트렸다. 윤이는 이것이 무슨 의미인지 몰랐다. 선생님은 아무 말도 하지 않고 미소만 지었다. 윤이는 다시 말했다.

"그래서 선생님, 어떻게 생각해요?"

"선물 고맙다 윤이야. 잘 가렴."

갑자기 이게 무슨 일인가. 윤이가 물었는데 선생님은 대답도 안 해주고 간다고? 윤이는 어쩔 수 없이 그냥 학교를 나왔다. 무슨 의미인지 모르겠다. 선생님은 좋다고도 싫다고도 하지 않으셨다. 윤이는 길을 걸어가면서도 선생님의 표정, 말, 행동을 생각했다. 그런데도 선생님의 의도를 몰랐다. 그렇게 길을 걷다가 달콤한 새벽 가게 앞을 지나가고 즉시 그 안으로 발걸음을 옮겼다.

***

"그래서, 선생님은 무슨 생각으로 그렇게 말한 거예요?"

나는 고민했다. 내가 봤을 때는 선생님은 윤이의 고백을 진지하게 받아들이지 않는 것 같다. 그 말은 즉슨, 윤이가 아무리 진심이라도 선생님은 신경을 쓰지도 않을 것이고 결국 윤이의 고백은 실패라는 것이다. 하지만 이 말을 어떻게 할까. 윤이는 나를 계속 처다보고 있었다. 나는 윤이의 시선을 회피하며 빨리 방법을 찾으려고 노력했다. 결심했다. 그냥 사실대로 말하자.

"사실 윤이야. 그런 행동은 네 사랑을 진지하게 받아들이지 않는 거야. 정말 미안해. 사실 어른들은 아이들이 자신을 좋아한다고 해도 별로 신경 쓰지 않아. 그래도 선생님은 네가 귀엽다고 생각하실 거야."

윤이는 어지간히 충격을 받은 모양이다. 눈은 동그랗게 뜨고 입은 반쯤 벌려져 있었다. 숨도 쉬고 있지 않은 것 같았다. 나는 최대한 슬프고 안타까운 표정을 지었다. 내가 윤이를 위로해 주려고 노력하고 있다는 것을 표정으로 최대한 드러내려고 애썼다. 윤이는 갑자기 눈썹을 찡그리더니 이내 화난 표정으로 돌변했다. 그러더니 마구 소리를 지르기 시작했다.

"그럴 리 없어!! 선생님은 내가 좋다고 했다고!!!"

"윤이야 진정해. 선생님이 네가 좋다고 한 것은 어린이로서 널 좋아한다는 뜻이야."

"아니야, 아니야. 선생님은 나에게 좋은 말만 해 줬어! 선생님은 우리가 최대한 상처받지 않게 해 준다고!"

"선생님이 아무 대답도 하지 않은 것이 모두에게 가장 좋은 답변이야. 어른이랑 아이는 사귈 수 없어!"

아뿔싸! 결국 진실을 말했다. 윤이를 진정시킨다고 한 것이 더 날카로운 말을 내뱉고 말았다. 윤이는 화를 내지 않았지만 그 대신 굵은 눈물이 뚝뚝 떨어졌다. 윤이의 우는 모습을 다시 보자 전에 한 말이 후회가 되었다. 말하지 말걸. 윤이의 선생님처럼 윤이가 직접 깨닫게 해줬어야 했는데. 여기서 무슨 말을 할 수가 있을까. 윤이는 계속 눈물을 흘렸다. 눈물이 광대를 지나 턱 밑으로 똑똑 떨어져 회색 티에 동그란 무늬를 냈다. '왜'라는 소리가 작게 들려왔다. 너무 미안했다. 나는 진열대로 가서 초콜릿 칩이 크게 박힌 쿠키를 들고 윤이에게 줬다. 윤이는 손을 뻗지 않았다. 그저 쿠키를 한 번 쳐다보고 말았다. 나는 몸을 기울여 윤이에게 조금 더 가까이 다가가서 말했다.

"윤이야. 사랑에는 꼭 짝사랑만 있는 것이 아니야. 누군가랑 사귀어야 좋아하는 사이가 되는 것도 아니야. 엄마와 윤이, 윤이가 좋아하는 캐릭터와의 사랑도 있어. 이런 사람들은 사귀지 않지만 우리가 사랑한다고 말하잖아? 그런 것처럼 선생님과 학생 사이의 사랑도 사귀지 않고 서로 이해하고 존경할 수 있어. 그러면서 친해지고 서로 기댈 수 있는 사이가 되는 거야. 윤이는 선생님을 많이 좋아하고 또 따르잖아? 그런 것처럼 선생님도 윤이를 학생으로서 좋아하고 또 예뻐해 주실거야. 이해가 잘 되진 않겠지만 내가 하고 싶은 말은 윤이가 선생님한테 거절당했다고 해서 선생님이 널 싫어하는 게 아니야. 같이 선생님과 학생 사이로 친해지면 되는 거야."

전에 엄마가 말해 줬던 말들을 떠올리며 윤이에게 위로의 말을 건네 주었다. 윤이는 아무런 말도 하지 않았다. 하지만 눈물은 멈췄다. 찡그리던 눈썹도 원래대로 돌아왔다. 진정이 된 윤이는 말했다.

"그럼…… 선생님이 절 안 싫어하는 거네요?"

"그래."

윤이가 미소를 지었다. 안심되지만 쓸쓸한 미소. 일이 흐지부지 끝난 것 같았다. 이것은 좋은 결과도, 나쁜 결과도 아니었다. 윤이는 옷으로 눈물을 닦고 자리에서 일어났다. 테이블에 있는 쿠키를 들고 "안녕히 계세요."라고 말하고 바로 나갔다. 가게 안에 썰렁한 공기가 남았다. 윤이의 쓸쓸한 미소를 머릿속에서 지울 수가 없었다. 내가 윤이에게 큰 상처를 안겨 준 것 같았다.

스스로 깨닫다

윤이의 사건 이후 일주일이 지났다. 평소처럼 아침 장사 준비를
하고 카운터에 앉았다. 혹시 윤이가 다시 오진 않을까 해서 8시 10분
에 꼭 밖을 쳐다보는 버릇이 생겼다. 손님이 오면 주문을 받다가 다
시 여유로워질 때면 윤이가 떠오르곤 했다. 그런데 윤이에 대한 생
각을 하면 가슴에서 죄책감과 후회가 밀려와 기분이 좋은 날에도 다
시 나빠지곤 했다. 그날 윤이에게 한 말이 너무나도 미안했다. 윤이
의 순수한 마음을 해친 것 같았다. 윤이도 나에게 화가 났는지 더 이
상 나를 믿지 않는 건지 찾아오지 않았다. 나도 모르게 한숨이 휴~
하고 나왔다.

그로부터 이틀이 지났다. 한 달만 있으면 봄이 끝나고 여름이 올
것이다. 그런데도 아직 신제품을 만들지 못했다. 봄꽃 마카롱을 신

제품으로 낼까 생각을 해봤지만 아직 검토할 것들도 남아 있고 윤이에게 미안함이 아직 가시지 않아서 쉽게 내놓을 수가 없었다. 그렇게 무의미하게 오시는 손님 몇몇을 받다가 저녁이 되면 가게 문을 닫고 뒷문으로 나왔다. 그리고 집에 돌아와 아무 생각도 하지 않고 침대에 누웠다.

그 다음날이 되었다. 가게를 늦게 여는 날이라 암막커튼을 치고 늦잠을 자다가 점심을 먹고 동네를 산책하고 나서 가게로 가서 앞문을 열었다. 마침 오후 3시라서 학교를 마친 아이들이 오고 있었다. 아이들 틈에 윤이가 혼자 오고 있었다. 윤이를 부를까, 말까. 나는 부르면 더 어색해질까 그냥 모른 척했다. 그러자 윤이가 나를 먼저 불렀다.

"아줌마!"
뒤를 돌아보자 윤이가 서 있었다. 윤이는 싱글벙글 웃으며 내 뒤에 서 있었다. 나는 어색한 표정으로 "안녕……."이라고 했다. 내가 가게에 들어가자 윤이는 나를 따라 들어왔다. 나는 어색한 기운을 뿌리치고 윤이에게 물었다.
"저번엔 미안했어. 혹시 상처 받았다면……."
"상처 안 받았는데요."
윤이는 내 말을 끊고 장난스러운 목소리로 대답했다. 이제 그 일을 다 잊어 버린 건가. 윤이는 계속 말했다.
"사실 아줌마 말처럼 선생님도 저를 싫어하지 않고 전이랑 똑같이 대해 주셨어요. 물론 상처를 받긴 했지만 아줌마 말이 틀린 건 아니잖아요?"

　그렇다. 윤이는 나를 용서했다. 드디어 내 얼굴에 미소가 피었다.
목구멍에 걸린 무언가가 쑥 하고 내려간 느낌이었다. 윤이를 보자 봄
꽃 마카롱이 생각났다.

　"윤이야. 혹시 선생님께 드린 마카롱 신제품으로 해도 돼? 네가
허락해야 할 것 같아서."

　"당연하죠. 전에 제가 말 안 했나요?"

　나는 마음속으로 아싸!라고 외쳤다. 두 가지 걱정이 한순간에 사
라졌다.

　"고마워."

　나는 들뜬 목소리로 말했다. 윤이는 대답 대신 고개를 끄덕였다.
윤이는 용돈으로 쿠키 하나를 사고 집으로 갔다. 그리고 나는 윤이
가 가자마자 주방으로 들어갔다.

봄이 가기 전에 맛보세요.
봄꽃 마카롱

며칠이 지났다. 가게에는 새로운 포스터가 붙었다.

봄이 가기 전에 맛보세요. 봄꽃 마카롱

달콤한 새벽의 신제품이었다. 윤이가 말한 아이디어에서 내가 윤이의 선물을 위해 만들었고, 그것이 가게만의 새로운 메뉴가 되었다. 제일 먼저 먹어본 사람은 당연히 윤이였다. 내가 한번 먹어보라고 공짜로 주었다.

"우와. 진짜 맛있다. 꽃이랑 마카롱이랑 같이 먹으니까 진짜 맛있어요. 꽃 하나하나 떼서 먹는 것도 재밌어요. 저는 벚꽃이 제일 맛있는 것 같아요. 이거 가져가서 엄마 아빠 줘도 돼요? 엄청 좋아할 것 같아요."

윤이는 가게에서 먹어본 것들 중 가장 최고의 반응을 보여 주었
다. 나는 윤이 가족들도 맛볼 수 있게 마카롱을 몇 개 더 싸서 상자에
담아 주었다. 그 다음은 신제품을 예약한 할머니와 친구들이었다. 할
머니들은 드시더니 손으로 따봉을 만들어 날리셨다.

"이야~ 정말 맛있다."

"달지도 않고 딱 좋네. 어떻게 한 거야?"

"설탕으로 만든 거예요."

나는 답을 해줬다.

"설탕으로 어떻게 만들었어? 대단하다."

할머니들이 단체로 합창하며 말씀하셨다.

"서울 여자 성공하겠네."

"이 꽃 좀 봐. 이건 못 먹겠다. 너무 예뻐."

"벚꽃이랑 민들레는 애들이 좋아할 것 같고 진달래는 젊은이들이,
유채꽃은 우리 입맛에 딱 맞네. 연령대도 생각하고 참 잘 만들었어."

"진달래는 무슨 맛이야?"

"커피예요. 유채꽃은 녹차, 벚꽃은 초콜릿, 민들레는 사과맛이에
요."

할머니들은 또 다같이 "아~" 하고 탄성을 질렀다. 그리고 또 폭
풍 칭찬을 하셨다. 할머니들끼리 떠들며 칭찬하는 것을 보니 저절로
행복해졌다. 어떤 할머니들은 다른 사람에게 맛보라고 주겠다고 몇

개를 더 사 갔다. 그 외에도 판매 하루 만에 3명의 손님이 더 사 갔고, 이틀째에는 더 많은 손님이 관심을 보였다. 덕분에 매출도 뛰었다. 그 할머니 친구분 말이 맞았다. 나만의 독특한 메뉴가 있어야 가게가 잘된다는 것. 새삼 윤이에게 고마워졌다.

단골 손님의
정체

비오는 어느 날이었다. 가로등만 켜진 깜깜한 밤, 손님은커녕 지나가는 사람이 한 명도 없었다. 나는 가게 첫 날처럼 카운터에 앉아 꿉꿉한 가게를 홀로 지키고 있었다. 지금은 거미가 와도 기쁠 것 같았다. 그런데 손님 한 명이 가게로 들어왔다. 나는 너무 기뻐서 카운터에서 벌떡 일어났다.

"어서 오세요~!"
내 목소리가 2배는 높아진 것 같았다. 그 손님은 다름 아닌 자주 오시는 젊은 여성분이었다. 오늘은 옷은 깔끔해 보였지만 군데군데 비에 젖어있었다. 여성분은 봄꽃 마카롱에서 눈을 떼지 못하셨다. 이때다 싶어 나는 광고를 했다.

"봄에 시즌 메뉴로 파는 봄꽃 마카롱이에요. 봄에 피는 꽃들을 바탕으로 마카롱을 만들었는데 드셔 보세요."

그런데 여성분은 내 말을 듣지 않으신 것 같았다. 그저 마카롱들만 보고 있었다. 엷은 미소를 띤 채로. 그러면서 혼자 중얼거렸다.

"이게 여기 거였구나."

나는 영문을 모른 채 멀뚱멀뚱 서 있었다. 여성분은 나를 바라보며 말했다.

"이게 이 가게 신제품인가요?"

"네 손님."

"아, 다름 아니라 제가 맡은 반에 어떤 남자아이가 있는데 걔가 뜬금없이 저를 좋아한다고 하더라고요. 그러면서 저에게 이 마카롱을 선물해 줬었어요. 그 아이가 귀엽기도 하고 또 한편으로는 그 상황이 황당하기도 해서 그 아이한테 답을 제대로 못해 줬는데 그 생각이 나서요. 그래도 제가 꽤 아끼는 학생이에요. 착하고 모범적이더라고요."

처음에는 여성분이 무슨 말을 하는지 몰랐다. 그런데 그것도 잠시. 나는 그 여성분이 누구인지 깨달았다. 그분은 윤이의 선생님이었다. 이럴 수가! 가게 단골이 윤이와 윤이 선생님이었다니! 믿기지가 않았지만 나는 처음 들은 이야기인 척했다.

"아, 그러셨군요. 그…… 그럼 주문 하시겠어요?"

"이 봄꽃 마카롱 맛별로 하나씩 주세요."

나는 마카롱을 일일이 봉지에 싸서 드렸다. 어안이 벙벙했다. 어떻게 이런 우연이 있을까. 윤이 선생님이 가고 나서도 믿기지가 않았다. 나는 눈을 동그랗게 뜬 채로 윤이 선생님이 가신 곳을 계속 쳐다보았다. 이십 초가 지나고 나서야 침을 꿀꺽 삼키고 눈을 깜빡거렸다. 나도 모르게 웃음이 나왔다.

흐뭇한 표정으로 나는 가게를 정리하고 가게 팻말을 'CLOSE'로 바꿨다.

여름

김
민
경

뜨거운 고구마 맛탕과
시원한 우유

딸랑딸랑 맑은 종소리와 함께 문이 열었다. 그러곤 오늘도 밝게 웃으며 나는 인사했다. "어서 오세요." 어떤 남자가 박스를 들고 들어왔다. "저…… 고구마 배달 왔는데요 혹시 어디 놔 드릴까요?" 그제서야 기억이 났다. 며칠 전, 고구마를 가지고 고구마 맛탕을 만들어 볼까 해서 고구마를 시켰던 것이었다. 그나저나 고구마를 어디서 사야 하지 고민하고 있던 와중에, 가게를 자주 이용해 주시는 아주머니께서 고구마 장사를 하신다 하셔서 시켰었다.

"죄송한데 저기 테이블 위에 놓아 주시겠어요?"
가게까지 배달하느라 땀을 흘린 모습을 보니 미안했다.
"잠깐 기다려 주실래요?"라고 말하곤 곧장 주방에 들어가 시원한 식혜 한 잔을 컵에 담아 주었다.

"별건 아니고 더운데 목마르실 것 같아서."

내가 밝게 미소를 지으며 그에게 식혜를 건넸다.

"아, 감사합니다."

"아주머니께 고구마로 맛있는 거 많이 해 먹겠다고 전해주세요."

"네, 나중에 고구마 필요할 때 또 주문해 주세요."

그에게서는 따뜻한 내음이 느껴졌다.

나른한 아침 그가 간 후 받은 고구마로 고구마 맛탕을 만들 준비를 했다. 먼저 고구마를 깨끗하게 씻어 껍질을 벗긴 후 고구마를 한 입 크기로 자른다. 그 다음 고구마의 전분을 빼기 위해 고구마를 물에 넣어 놓고, 어느 정도 시간이 지난 후 물에서 꺼낸다. 그리고 비닐 안에 고구마를 넣어 전자레인지에 3분 정도 돌린 후 익었는지 확인하고 프라이팬에 기름을 부어 고구마를 튀긴다. 익은 고구마를 꺼내 프라이팬에 다시 기름과 올리고당, 설탕을 끓여 소스를 만든다. 소스가 어느 정도 끓으면 튀긴 고구마를 넣어 잘 섞어 주면 완성!! 예쁜 그릇에 담아 플레이팅 한 후, 고구마 맛탕이랑 잘 어울리는 우유를 유리잔에 담는다. 마지막으로 사진 찰칵 찍어주면 완성!!

그런 후 손님이 오면 약간의 간식으로 맛보일 맛탕으로 만들 고구마는 냉장고에 따로 보관해 두고, 내가 먹을 만큼의 양을 접시로 옮겼다.

"잘 먹겠습니다!!"

고구마 맛탕을 입에 쏙 넣었다. 피곤했던 오늘을 잊고 에너지가 다시 솟게 해 주는 음식이었다. 금방 만들어서 뜨거운 맛탕을 넣고 입에서 호호 하며 먹고는 뜨거운 입을 달래 주는 우유!! 그야말로 환상의 짝꿍이었다. 다 먹고 난 후, 가게를 정리하고 집으로 돌아갔다. 역시 여름밤은 더웠다. 앞으로 집으로 가는 길에 보이는 시원한 시냇물에 빠져들고 싶었다. 언젠가는 여름이 끝나기 전에 저 시냇물에서 물놀이를 하기로 마음먹은 밤이었다.

그 다음날, 아침 일찍부터 열심히 빛을 쬐고 있는 태양의 인사를 받으며 집을 나왔다. 눈을 손으로 가리며 오다 보니 가게에 도착했다. 역시 여름은 여름이다. 가게에 들어오자마자 뜨겁고 습한 공기가 훅 하고 내 얼굴을 강타했다. 에어컨을 키고 좀 앉아 있다 보니 시원해졌다. 이제 슬슬 준비해 볼까 하는데 누군가가 수박을 들고 들어왔다.

"어서…… 오…… 세요."
어제 고구마를 가져다 주신 분이었다.
"저 어제 식혜 잘 먹어서 수박을 좀 드리려고 가져 왔어요"
어리숙하고 귀여운 말투에 나는 나도 모르게 웃음이 나왔다.
"아, 이렇게까지 안 해 주셔도 되는데. 감사합니다. 아, 맞다. 저 어제 주신 고구마로 제가 맛탕을 만들어 봤는데 드시고 가세요."
"주시면 감사히 먹을게요."

맛탕과 우유를 준비하여 내 주었다.

"고구마가 워낙 좋아서 너무 잘 맛있더라구요. 뜨거운 맛탕이랑 시원한 우유랑 같이 먹으면 환상의 조합이에요."

그가 먹자마자 행복한 표정을 지었다. 기뻤다. 누군가가 내가 만든 음식을 맛있게 먹어 준다는 것은 정말 행복한 일이다.

"정말 맛있어요."

"고구마가 좋아서 그런 걸요, 뭘."

해물파전에
슬픈 행복을

저녁이 되고 집으로 돌아가려던 찰나, 역시 시냇물이 보였다. 그
날은 너무 더웠는지 너무 가고 싶었다. 즐길 거면 제대로 즐겨야겠다
싶어 해물파전이랑 시원한 음료를 준비하고 시냇물로 갔다. 혹여 빠질
까 조심조심 들어 발을 디디는데 가는데 말소리가 들리는 것이었다.

주위를 둘러보니 앞에 남자가 전화 통화를 하고 있었다. 지금 들
어가긴 좀 그래서 통화를 끝내면 들어가려는데 갑자기 우는 것이 아
닌가. 너무 황당했다. 마음 같아선 위로해 주고 싶었으나 모르는 사
람인 내가 갑자기 위로해 주면 좀 부담일 것 같았다. 나는 오늘 나만
의 행복을 누리고 싶어서 왔으니 돌아갈 수는 없을 노릇이다. 일단
조금 멀찍이 앉기로 하고 다시 조심조심 시내로 들어갔다. 아까는

보이지 않던 익숙한 얼굴이 눈에 들어왔다. 아까 가게에 왔던 남자이다. 그렇게 밝아 보이던 그가 왜 전화하다 말고 울고 있는지…….

해물파전을 나와 그의 중간에 두고 젓가락을 그 남자의 쪽으로 한 개, 내 쪽으로 한 개 놓았다. 그걸 보고 당황한 그가 나를 보더니 옆에 사람이 있다는 걸 이제야 깨달았는지 "아……."라고 했다. 내가 딱히 해 줄 말은 없어서 "힘든.. 일 있어요?"라고 물었다.

그러자 그가 말했다.

"네…… 뭐."

난 빈 웃음을 지으며 대답했다.

"인생이 다 그런 거죠 뭐. 힘들 때도 있고, 기쁠 때도 있고, 저는 오히려 힘들거나 슬플 때가 없으면 막 괜히 불안하더라고요. 언젠가는 갑자기 너무 행복하다가 그 행복이 익숙해져서 더 많은 행복을 쫓다 놓칠까 봐요. 그러니까 너무 자책하거나 너무 슬퍼하지 말고 이것도 다 행복으로 가기 위한 일부구나 하고 받아들이는 게 어떨까요?"

그러자 갑자기 그가 나에게 물었다.

"그럼 그쪽은 지금…… 행복하세요?"

고민하게 되는 질문이었다.

"아니요. 저는 절대 행복해질 수가 없어요…… 행복하면 안 돼요."

사실 나에게는 아픈 여동생이 있다. 그 사실이 끔찍하게도 싫었다. 동생이 아프다는 이유로 나는 하루 종일 병원에서 동생을 돌봐야 했고, 일하는 엄마 아빠 대신 여동생을 챙겨야 했다. 그래도 어느 정도 컸을 때니까 그냥 참았다. 학원도 못 다녔고, 내가 사고 싶은 옷도, 내가 가고 싶은 곳도 가지 못했다. 평범하게 지내는 다른이들이 너무 부러웠다. 나도. 만약에 평범한 집에서 태어났었다면 내가 바라는 행복을 누릴 수 있었겠지…… 그냥 그날따라 너무나도 동생이 싫었다. 싫어서 병원에도 일부러 늦게 갔다.

그 이후로 무슨 드라마도 아니고 나는 평생을 동생한테 미안하면서 살아야 했다. 내가 병원에 일부러 늦게 간 그날 하필 동생이 다치고 말았다. 처음에는 의사도 곧 괜찮아진다고 하였다. 그런데 시간이 갈수록 더 악화됐고, 그 다음 날 동생은 더 이상 나와 우리 가족을 보지 못했다. 나는 아직까지 그런 동생이 너무나도 싫었고, 미웠다. 진짜 너무나도 싫었다. 대체 왜 맨날 개 때문에 나는 이렇게 살아야 하는지 억울했다. 자기를 미워해서 나에게 복수라도 한 것처럼 다음 날 그렇게 가 버렸는지 너무나도 싫었다.

내가 늦게 간 날은 외부에서 동생을 보러 선생님이 오셔서 동생에게 나중에 다 나으면 어떤 사람이 되어 어떤 일을 하고 싶은지를 적는 활동을 한 날이었다. 나중에 물건을 정리하다가 그 종이를 보게 됐다. 왜 하필 또 나였을까. 내가 그토록 싫어했던 동생은 왜 그토록 내가 되고 싶었을까. 동생을 너무 싫어하고 증오했던 내가 싫어졌고, 화가 났다. 나는 혼자 조용히 아무도 없을 때 내 방에서 동생에게 용서를 빌었다.

"샛별아, 나 너 싫어했어. 그런데 넌 나 좋아해 주더라? 너는 내가 너를 싫어하는 걸 알면서도 나를 좋아해 줬어. 너도 아프고 싶어서 아픈 거 아닌 거 알아. 아는데도 네가 너무 싫었어. 어떻게 끝까지 이렇게 나를 나쁜 사람으로 만들고 가? 나 아직 너한테 못한 말도 많고…… 해 주고 싶은 말도 많은데…… 왜 그렇게 일찍 가는 거야. 너도 이제 내가 싫어져서 그런 거야? 내가 너한테 너무 못되게 굴었지. 미안해 정말. 거기에서는 너를 싫어하는 사람이 없게 해달라고 빌게. 그러니까 나를 원망하면서 살지 않았으면 좋겠어. 내가 누구였는지조차도 잊어 버렸으면 좋겠어. 네 기억에서 영원히. 진짜. 미안해."
그렇게 나는 동생을 그리워하며 한참을 울었다.

그 뒤로 나는 행복할 때마다 샛별이가 떠올랐고, 나는 그럼 더 이상 행복할 자격이 없는 것 같아 행복하기가 싫어졌다. 행복을 원하는 내가 괴물 같아서 징그러웠다. 그래서 나는 행복을, 행복을 느끼는 방법을 다른 사람한테 알려 주면서 평생을 그렇게 살아가기로 했다. 그래서 나는 힘든 사람이 보이면 위로의 말을 건네면서 샛별이한테 해 주지 못했던 것들을 이렇게나마 해 본다.

그렇게 생각에 빠져 있을 무렵, 그가 나에게 물었다.
"행복해질 수 없는 것이 아니라 행복을 숨기고 있는 건 아니고요?"

그의 질문은 나의 마음을 알았다는 듯이, 나의 마음을 콕 찔렀다. 다시 그가 말했다.

"행복은 저절로 느낄 수밖에 없는 거예요. 애써 감추려 하다 보면 언젠가 정말 사라질 수도 있으니까 나한테 말한 것처럼 그렇게 살아요."

내가 원했던 시원한 밤은 아니었지만, 얼어 있던 내 마음이 녹는 따뜻한 밤이 된 것 같아 기분이 좋았다. 그렇게 그와 나는 친해졌고 이 마을에서 마음을 터놓을 수 있는 유일한 친구가 되었다.

달달한 수박으로 서로의
비밀의 열쇠가 되다

그렇게 시간이 흐른 뒤 우리는 여전히 친한 친구가 되어 자주 만났다.

"수박으로 시원한 디저트 만들어 보려 하는데 뻔한 거 말고 새로운 아이디어 없어?"

내가 새로운 간식을 만들려고 그에게 물어보았다.

"음…… 수박 파이? 이런 거 만들어 보는 거 어때? ㅋㅋㅋ"

자신이 하는 말이 웃겼는지 자기가 말하고도 웃었다. 그런데 나는 그게 오히려 사람들이 신기해하고 재미있어서 오히려 반응이 좋을 것 같았다.

"그거 괜찮은데?"

나는 당장 만들기를 시작했다.

처음에는 뭐부터 준비해야 할지 몰랐는데 어느 정도 레시피를 연구해 보니 드디어 성공했다! 이 기쁜 소식을 그에게 먼저 전하고, 시식을 권했다.

"맛…… 있어?"

그가 먹더니 별로 좋지 않은 표정이었다.

"별로…… 인가?"

내가 계속 묻자 그가 갑자기 웃으며 완전 맛있다고 해 주었다. 얼마나 기쁘던지 드디어 나도 내가 처음으로 만든 디저트가 생긴 것이다.

모양은 평범한 파이 모양이지만, 안에는 수박으로 만든 잼이 들어가 있어서 달달하고, 안에 들어 있는 잼은 슬러시처럼 살짝 얼려 놓아서 밖의 부드러운 빵이랑 같이 먹으면 정말 맛있었다. 수박 주스랑 같이 먹으면 또 얼마나 맛있던지. 빨리 예쁘게 사진을 찍고 SNS에 올렸다.

제가 처음 만든 디저트입니다! 다들 요즘 더우실 텐데요, 그래서 제가 시원하게 먹을 수 있는 수박 파이 만들어 봤어요! 안에는 슬러시처럼 시원한 수박 잼이 들어있고, 바깥은 촉촉한 빵이 둘러 쌓여 있어서 얼마나 맛있는지ㅜㅜ 친구랑 먹고 기절할 뻔했습니다. 많이들 먹으러 와 주세요. 여름 한정판 디저트랍니다 ㅎㅎ

역시 SNS의 힘은 대단했다. 물론 내가 수박 파이를 잘 만든 것도 있다. 오늘따라 수박 주스랑 수박 파이랑 어찌나 잘 팔리던지 최고 매출을 찍었다.

"요즘에 장사 너무 잘되는 거 아니냐? 아이디어는 누가 줬는데? 나도 같이 하면 안 되나?"

그가 말했다.

그래 맞다. 솔직히 요즘 장사가 잘되어 혼자 하는 건 무리일 것 같았고, 아이디어에는 소질 없는 것이 확실했다.

"그럼…… 같이 해 볼래? 뭐 요즘에 장사가 워낙 잘되어 말이지. 조금 힘들기도 했고 네가 아이디어 하나는 완전 대박이잖아."

내가 기대하는 눈치로 이야기하니까 그가 그럼 자기도 일자리 얻은 거라면서 무척 좋아했다.

"그럼 같이 일할 사람 구했으니까 오늘은 파티 해야겠네. 간만에 솜씨 발휘해 보지."

"그럼 일 마치고 우리 아지트로 와."

"그래, 알았어."

그렇다. 우리에게는 아지트가 생겼다. 여름이 되면 항상 가고 싶어 했던 곳, 우리가 처음으로 진지하게 이야기를 했던 곳, 바로 작은 동네에 예쁘게도 생긴 시냇가이다. 청량한 시냇물이 흐르고 살짝 시원한 공기도 내려와 열대야인 여름밤에는 그곳이 최고다.

또 내가 그곳을 좋아하는 이유는 바위 위에 앉아 있으면 항상 보던 형광등 대신 달이 환하게 비춰 주고, 별들이 우리를 위해 밤하늘에서 춤을 추고 있기 때문이다. 살면서 그런 곳은 처음 봤다. 너무 예뻤다. 그곳에 가면 나도 모르게 행복해진다. 그와 그곳에서 만나 그가 해 줬던 말을 들은 이후로 나는 내 동생 몫까지 모두 행복하기로 결심했다. 그래서 그 많은 행복들을 또 많은 사람들에게 나눠줄 거라고.

준비해 둔 음식을 담아 시냇물로 갔다. 오늘은 또 얼마나 재미있을까 얼마나 밤하늘이 예쁠까 기대하면서 말이다. 그렇게 그가 우리의 아지트 쪽으로 왔고, 그는 나에게 진지한 표정으로 할 말이 있다고 이야기했다.

"나 가게 일 못해. 지금 말해서 미안. 사실 나 지금 임용고시 준비하고 있어서."

이게 무슨 말인가? 임용고시? 아무 이야기 없던 그가 갑자기 나에게 와서 하는 말이라 믿기지 않았다.

"아니, 나는 이때까지 혼자 해 와서 상관이 없긴 한데…… 임용고시?"

"응. 어릴 때부터 선생님 꼭 하고 싶었거든. 너도 하고 싶은 거 해서 성공하는 거 보고 나니까 시도해 보는 것도 나쁘지 않은 것 같아서."

"근데 왜 선생님이 하고 싶었는데?"

문득 궁금해졌다.

"음. 어릴 때 문득 그냥 하고 싶다는 생각이 들었어. 내 기억으로는 내가 초등학생 저학년쯤 우리 담임 선생님이 아프셔서 다른 선생님께서 수업을 해 주셨거든. 근데 그날따라 내가 잘 못하던 실험을 한 거야. 근데 그날따라 너무 긴장해서 그랬던지 내가 비커인가? 그걸 깼어. 그래서 선생님한테 혼날 것 같아서 엄청 쫄아 있었거든?"

"근데 그 선생님이 괜찮다고 오히려 나 걱정해 주시면서 다친 곳은 없는지 물어봐 주시고 그 다음에는 내가 과학을 잘 모르겠다고 하니까 선생님이 이해될 때까지 친절하게 가르쳐 주셨어. 아마 기간제 선생님이셔서 잠깐 하다 가셔서 아쉬웠는데…… 그 후엔 진로 정할 때마다 나도 모르게 희망하는 직업에 선생님 적었던 것 같아."

"우와, 되게 멋있는데?"
"그럼, 너는 왜 디저트 만드는 일이 하고 싶었는데?"

"음…… 나는 원래 경찰이 계속 하고 싶었거든? 그런데 학교 동아리로 베이킹 부에 들어가게 된 거야. 베이킹 부는 죽어도 하기 싫었는데, 가위바위보 져서 들어갔어. 그런데 우리 학교가 또 베이킹 부로 유명하거든. 여러 대회에 나가서 상도 싹 쓸어오고 해서. 그래서 내가 동아리 들어갔던 해에도 여러 대회 나가서 상도 받았어. 그때 나 처음 요리해 보는 거였는데, 동아리 선생님이 나에게 디저트 하라고 해서서 그때부터 대회 전날까지 끊임없이 계속 연습했잖아. 나 진짜 그렇게 열심히 해 본 적 처음이었다?"
"진짜 그렇게 열심히 하고 나서 대회장 가니까 또 막상 떨리고 어떻게 해야 할지 하나도 기억이 안 나는 거야. 그래서 망했다……

이러고 있었는데 옆에서 선배들이랑 선생님이 계속 집중하라고 해서 일단 시작을 했는데 확실히 연습한 거는 몸에 익숙해져서 머리는 굳었는데 몸이 막 움직이고…… 그래서 그때 대상인가? 상 받아서 막 엄청 좋아하고 그랬는데…… 진짜 그때 유일하게 살면서 행복했었던 것 같아."

"동생이 아프니까 나라도 번듯한 직장을 구해야 해서 디저트 그만두고 대기업에 붙었는데 그때 동생이 그렇게 가 버린 거야. 동생 때문에 그렇게 열심히 해서 붙었는데, 동생이 그렇게 가고 나니까 나는 누구를 위해서 이렇게 힘들게 공부해서 취직을 했나 하는 생각이 들었어. 그때부터 너무 싫어지는 거야. 그래서 그렇게 어렵게 붙은 대기업 사원을 그만뒀어."

"그러고 나서 나 혼자 생각 정리한다고 여행을 갔는데, 오랜만에 학교에서 베이킹 부 같이 했던 친구가 나한테 연락 와서 지금 옛날 사진 정리하고 있는데, 내 사진 있다면서 엄청 많이 보내주는 거야. 그렇게 사진을 봤는데, 내가 환하게 웃고 있고, 장난도 치고 있는 거야. 그래서 내가 아…… 내가 행복하려면, 동생한테 부끄럽지 않은 언니가 되려면, 내가 하고 싶은 걸 해서 그 행복을 다른 사람들한테 나눠줘야 되겠구나 하고 생각했어. 그렇게 디저트 가게 차려서 지금까지 열심히 일 하고 있고."

지금 다시 생각해 봐도 누가 내가 디저트 가게를 차려서 잘될 줄 알았겠는가. 학창 시절 열심히 디저트 대회 준비를 한다고 연습해 본 덕분에, 어떻게 해야 할지 정도는 기본적으로 알고 있었고, 대회에 나가서 여러 번 상을 타 본 경험이 있었기에 자신이 있었다. 그래서 나는 내가 가위바위보에 져서 베이킹 부에 들어가게 된 것을 정말 다행이라고 생각한다. 그리고 또 항상 감사했다.

"근데 임용고시 준비하면 너랑 잘 못 만나겠다."

"아무래도 지금보다는 만나는 게 힘들지 않을까?"

그가 미안해하는 표정을 지었다.

"임용고시 한 번에 붙어서 나도 선생님 친구 좀 해 보자. 열심히 해. 방해하지 않을테니까."

"알았다. 내가 열심히 해서 한 번에 붙어볼게."

그렇게 우리는 또 재밌는 추억 하나를 우리의 아지트에서 만들어 갔다.

계란 후라이

요즘따라 장사가 너무 잘되었다. 내가 개발한 신메뉴가 SNS에 퍼지면서 전국 각 지역에서 많은 손님들이 방문한다. 요즘 SNS에는 '제주도에 가면 꼭 방문해야 할 디저트 맛집 TOP5'이라는 제목으로 우리 디저트 가게가 여러 가게 속에 있다. 그래서 요즘에는 더 열심히 일해서 SNS활동을 열심히 해 주시고, 또 찾아 주시는 손님들에게 보답을 하고 있다. 그리고 내가 살아가는 동안 힘들 때 나를 다시 일으키게 해 주었던 질문들을 만들어서 「100문 100답」이라는 책으로 만들었다. 책 「100문 100답」은 누군가의 엄마도, 아빠도, 친구도, 딸, 아들이 아니라 오롯이 자기 자신을 되돌아보게 해 주는 책이었다.

그리고 또 멀리서 찾아 와 주시는 손님들 조금이라도 행복한 하루를 보내라고 따뜻한 문구들을 스티커로 만들어 두었다. '오늘도 행복

한 하루 되세요'라는 뻔한 문장도 있고, '오늘을 되돌아보면 행복했
던 순간으로 기억하기를 바랄게요'와 같은 여행 왔을 때 기억할 수
있는 문장도 만들어 놓았다.

그리고 항상 제일 오래 기다린 맨 마지막 손님께는 점심을 대접
한다. 대부분 손님들이 아침 일찍 오셔서 줄을 서 계시기 때문에 11
시 정도가 되면 디저트가 거의 다 팔린다. 그래서 맨 마지막 손님께
는 맛있게 점심식사를 할 수 있게 해 드린다. 다만 그 손님에게는 다
른 손님들에게 비밀로 해달라고 하고 말이다.

오늘의 마지막 손님은 나를 항상 친손녀처럼 예뻐해 주시는 동네
할머니이다. 그 귀여운 할머니께서는 내가 디저트 가게를 첫날 오픈
할 때부터 늘 가게에 들러서 손녀가 먹을 간식이라면서 적어도 1개
씩은 꼭 사 주셨다. 어떻게 보면 할머니 덕분에 열심히 만들어서 성
공한 것일지도 모른다.

"할머니 오래 기다리셨죠? 의자가 모자라서 못 앉아 계셨을 텐
데…… 죄송해요. 다음에는 의자 더 많이 사서 할머니 다리 안 아프
게 해 드릴게요."

그러자 할머니가 귀엽게 웃으시면서 그럴 필요 없다고 하시며 내
가 만든 디저트 먹을 생각에 기운이 팍팍 난다고 하셨다. 물론 왜소
한 몸이지만 할머니에게서는 왠지 모를 따뜻함이 느껴졌다. 처음에
그를 만났을 때처럼 말이다. 여기 동네 사람들은 다 그런 건가라는

생각을 하게 됐다.

"할머니 점심 뭐 드시고 싶으세요? 오늘은 할머니께서 마지막 손님이어서 제가 맛있는 음식 드리려고요."

"나는 계란 후라이 먹고 싶어."

"계란 후라이 말고 삼계탕이나 보신탕 같은 것도 할 수 있는데 그거 안 드실래요?"

요즘에 워낙 더워서 할머니 기운 좀 보충해 드려야겠다는 생각이 들어서 할머니께 여쭤 보았다.

"나는 계란 후라이 먹고 싶어."

"그럼, 비빔밥에 계란 후라이 올려서 드실래요? 맛있을 것 같은데."

갑자기 침이 고였다.

얼마 만에 비빔밥인가.

"그래 오랜만에 나도 비빔밥 먹고 싶다. 맛있게 해 줘."라고 하시면서 귀엽게 부탁해 주셨다.

"네! 맛있게 만들어 드릴게요. 기다리실 때까지 따뜻한 차 드시고 계세요!"

그러고는 할머니께 차를 내어 드렸다. 보리차였다. 요즘에 보리차를 시원하게 먹고 싶어서 냉장고에 넣어두려던 참이었는데 할머니께 따뜻한 보리차 한 잔 내어 드리고 냉장고로 넣었다. 할머니가 차를 드시고 계신 동안 나는 열심히 비빔밥을 만들고 있었다. 먼저 밥에 갖가지 나물들을 넣는다. 취향에 따라서 나물을 넣으면 된다. 그리고 고추장을 한 스푼 떠서 비빈 다음, 고소한 향기가 나는 참기름을 넣고, 다시 한번 비벼 준다. 그리고 위에 계란 후라이 2개를 올리면 끝!

"할머니. 비빔밥 다 만들었어요. 맛있겠죠?"
내가 재롱을 떨듯이 할머니께 말했다.
"아이고 맛있게도 만들었다. 어서 먹자."
할머니가 먼저 한 숟갈 드시길 기다렸다. 그러자 할머니가 내가 맛이 어떤지 물을 거라고 예상하셨는지 숟가락을 입에 넣자마자 최고라고 해 주셨다. 그제서야 나는 기쁘게 밥을 먹을 수 있었다.

고추장을 많이 넣었는지 먹는 내내 조금 매콤했다. 그래서 할머니도 매우실 줄 알고 죄송해했는데, 할머니께서는 오히려 나보다 더 잘 드셨다.
"할머니 안 매우세요? 저는 너무 매운데…… 하…… 씁……."
"맛나기만 한데 뭘 그려."
매운 걸 저렇게 아무렇지도 않게 드시는 할머니가 계셨다니……
멋져 보였다.
"할머니 멋있어요! 짱!"
"내가 매운 걸 좀 잘 먹는 편이여. 아, 글지 말고 오늘 우리 집 가서 나랑 놀다가 저녁 먹고 가라잉. 너도 나한테 맛난 밥 해 줬으니 나도 너한테 맛난 밥 해 줄랑께. 따순 밥 안 묵은 지 오래 됐지?"

뜻밖의 제안이었다. 할머니께 밥 얻어먹으려고 식사를 대접해 드린 것도 아니었고, 게다가 제대로 된 밥도 아니었는데, 밥을 해 주신다니.

"할머니 괜찮아요. 저 오늘 비빔밥밖에 못 해 드렸는데, 어떻게 가요."

"왜 못 가? 나 심심하단 말여. 나랑 놀아달라고요. 이 아가씨야."

어차피 오늘 팔아야 할 수량도 다 팔았고, 일도 끝났기 때문에 마침 할 일도 없긴 하였다. 고민하고 있는 사이에 할머니가 내 손을 붙잡고 가는 바람에 간다고 하고 그렇게 오늘은 가게 문을 일찍 닫았다.

할머니랑 같이 손잡고 할머니 집으로 갔다. 가는 도중에 할머니가 대뜸 강아지를 좋아하냐고 물었다. 나는 강아지를 완전 좋아한다. 살랑살랑 꼬리를 흔들면서 걷는 모습이 너무 귀여워서 어릴 때부터 강아지를 좋아했다.

"당근이죠. 강아지들이 꼬리를 살랑살랑 흔들면서 걸으면 얼마나 귀여운데요."

"다행이네 그려, 우리 집에 작은 강아지 한 마리 있거든."

"진짜요? 너무 좋아요!"

할머니와 그렇게 한참 강아지 이야기를 하다 보니 어느새 할머니 집에 도착했다. 할머니 집은 한옥이었다. 그래서 오래 돼서 할머니는 3층 주택으로 한옥을 개조했다고 하였다. 한옥을 개조해 3층 주택을 짓다니…… 내가 꿈에 그리던 집이었다. 완전 멋있었다. 그래서 내부가 더 궁금해졌다.

현관문을 여는 순간 안에는 예쁘게 꾸며져 있었다. 안에도 너무 오래되어서 인테리어를 싹 다 했다고 했다. 할머니 집에 들어가는 순간 어느 예쁜 소녀와 임용고시를 준비하던 그를 볼 수 있었다.

"어? 할머니 이 언니 누구야?"

예쁜 소녀가 말했다. 그러자 그가 앞에 디저트 가게 사장이라고 하면서 이야기를 해 주었다. 근데 왜 그가 할머니 집에 있는 걸까? 할머니가 과일을 준비해 주겠다고 셋이서 이야기하고 있으라 하였다.

"너 여기 살아?"

내가 물었다.

"어. 우리 할머니랑은 어떻게 알았대?"

그가 물었다.

"디저트 가게에 자주 오셔서 알게 됐어."

그러고 있자 예쁜 소녀가 나에게 둘이 아는 사이냐고 물었다. 친구라고 대답했다. 소녀는 이제야 학교를 마쳐서 바로 왔는지 교복을 입고 있었다. 명찰에는 '박한나'라고 적혀 있었다. 한나에게 뭐하냐고 묻자 한나가 경계 태세를 취하며 자기 이름을 어떻게 아냐고 물었다.

그러자 할머니가 과일을 가져 와 주시면서

"너 지금 명찰 하고 있잖여."라고 하셨다. 그제서야 한나가 머쓱한

지 맞네…… 라고 말하였다. 할머니께서 맛있는 복숭아를 내 주셨다.

"라온이하고 새벽이하고 둘이 아는 사이여? 어떻게 알게 됐다?"

"엄마가 저번에 고구마 배달해 달라고 해서 그 뒤로 몇 번 마주쳐서 친해졌어 할머니."

"근데 다들 할머니랑 친한가 보네요. 할머니 집에 이렇게 계속 있는 거 보면."

"자들이 날 보려고 온 뭐. 우리 집 댕댕이 보러오제."

할머니께서 서운한 듯이 말했다. 그러자 한나가 할머니 옆으로 와서 할머니를 꼬옥 안으면서

"아 할머니도 좋으니까 오는 거지 할머니 싫으면 벌써 댕댕이 집에 데리고 갔지. 너무 서운해하지 마. 난 할머니도 좋으니까."

"아이구 우리 똥 강아지 귀여워 죽겠네."

그렇게 우리 넷은 수다를 떨다 할머니께서 맛있는 바지락 된장찌개를 해 준다고 하셔서 맛있게 먹고 집으로 왔다. 오늘도 재밌는 추억 하나 만들었다. 내일도 많은 사람들에게 행복을 나눠주기 위해서 또 열심히 일하겠다고 다짐을 하고는 잠에 들었다.

오늘도 어김없이 내가 만든 디저트를 맛있게 먹기 위해 오시는 분들을 위해서 한달음에 달려 갔다. 많은 분들이 지나가고, 어제 봤던 한나가 우리 가게를 찾아왔다.

"안녕하세요, 언니."

"어, 안녕. 뭐 먹을래? 언니가 디저트 줄게."

"저 수박 파이요. 오빠한테 들었는데 수박 파이가 맛있다던데요?"

"맞아. 내가 이번에 새로 개발한 디저트거든. 운 좋게 한 개 남았는데, 먹어."

수박 파이와 수박 주스를 한나에게 가져다 주었다.

"할머니가 어제 언니한테 점심 얻어먹었다던데, 또 계란 후라이 해달라 하지 않았어요?"

"응. 계란 후라이 먹고 싶다고 하셔서 비빔밥에 계란 후라이 올려서 먹었어. 근데 그건 왜?"

"아휴, 우리 할머니 진짜……"

"왜? 할머니 계란 후라이 자주 드셔?"

"네. 할머니가 계란 후라이를 좋아하는 건 아닌데…… 옛날에 친구가 계란을 얻었었는데, 그 계란을 혼자 먹었대요. 근데 그때는 계란이 지금과 달리 엄청 귀한 거였는데, 할머니는 친구와 같이 계란 먹고 싶었는데, 그 계란 한 개 못 먹어서 그렇게 서운했대요. 그래서 하루에 계란 1개씩은 꼭 먹어요. 지금은 흔한 음식이지만 할머니한테는 아직까지 계란 한 개가 엄청 소중한가 봐요."

할머니와 손주들은 엄청 친한 것 같아서 부러웠다. 대부분 할머니들이 이런 이야기들을 하면 손자들은 잘 듣지 않기 때문이다. 나도 그렇고 내 주변에서도 이렇게 할머니와 친한 사람들은 처음 봤다. 그런 부분이 내심 부러웠다.

"할머니는 좋겠네. 이렇게 예쁜 한나가 있어서."

"사실 원래 이렇게 안 친했어요. 얼마 전에 친해진 거예요."

"어쩌다가 친해졌는데?"

"그게…… 오빠 때문에요."

오빠? 오빠면 박라온? 걔가 살갑게 대해서 그런가?

"음, 그렇구나."

그냥 대수롭지 않게 넘겼다.

"언니, 안 궁금해요?"

"뭐 굳이 따지자면 별로 궁금하진 않은데…….."

"그럼 나중에 오빠한테 들어요."

뭐지. 굳이 들어야 하는 이야기인가 했다. 그렇게 한창 수다를 떨다 한나가 학교에서 베이킹 부라는 이야기를 들었다. 베이킹이 재밌는데, 직업으로 하고 싶을 만큼 잘하지 않아서 고민이라고 했다. 그래서 내가 한나에게 나한테 베이킹을 배워 보는 건 어떠냐고 제안을 했다. 나도 누군가에게 가르쳐 보는 것은 처음이지만, 가르쳐 보는 것도 좋을 것 같았다.

"그럼, 언니. 저 진짜 공짜로 언니한테 배워도 되요? 너무 미안한데„"

"괜찮아. 나도 옆에 조수 하나 두는 것 같아서 든든한데 뭘. 그럼 내일부터 학교 마치고 가게로 나와. 내가 열심히 가르쳐 줄 테니까."

"언니, 완전 고마워요. 그럼, 내일 봬요 저 가 볼게요."

그렇게 한나는 집으로 갔다. 학교 베이킹 부에서 시작해 제주도 어느 작은 예쁜 마을에 가게를 차려서 나한테 배우는 사람이 있다니 믿기지가 않았다. 일단 한나랑 같이 일하려면 친해져야 하기 때문에 주말을 자주 이용하여 제주도의 아름다움을 살펴보고, 제주만의 아름다움을 담을 수 있는 신메뉴를 만들어야겠다.

따뜻한 디저트

다음 날이 다행히 금요일이었다. 그래서 할머니께 허락을 받고 한나와 제주도를 둘러보기로 했다. 일단 제주도의 대표적인 것은 현무암, 바다, 한라봉이니까 그것들 위주로 하는 것도 괜찮을 것 같았다. 일단 신메뉴 개발도 중요하지만, 한나와 빨리 친해지는 것이 수업을 하기에도 편하기 때문에 한나와 제주 여기저기를 많이 다녀 보았다.

아기자기한 박물관도 많이 가 보고, 갈치도 먹고, 성산일출봉도 가고, 천지연 폭포, 휴애리 여기저기 많은 곳에 갔다 왔다. 금, 토, 일 동안 2박 3일로 여행을 하면서 한나와 많이 친해졌고, 아이디어에 대한 회의도 점점 진지하게 준비해 가게 되었다. 내가 여행하기 전에 내가 만든 〈100문 100답〉 책을 들고 왔다. 한나한테 여행을 하고 난 뒤에 선물로 주기 위해서이다.

마지막 날 저녁, 한나에게 「100문 100답」 책을 주었다. 한나가 기뻐하면서 책을 펼쳤다. 책을 펼친 제일 앞 부분에는 내가 좋아하는 문구를 넣어놨었다. '오늘을 되돌아봤을 때 행복했던 하루로 기억이 되길 바랄게요' 이 문구를 보고 한나가 나한테 이거 언니가 만든 문구인지 물어봤다. 그래서 내가 직접 만든 문구라고 하니까 너무 좋은 말인 것 같다면서 나한테 언니는 역시 만능이라고 칭찬해 주었다.

그렇게 우리는 2박 3일 동안 친해져서 돌아왔고, 일상에 복귀한 뒤에는 신메뉴 개발을 뒤로한 채 한나에게 베이킹을 가르쳐 주고 있다. 한나는 베이킹이 자신이 정말 즐거워서 하는 것이 보였다. 그래서 내가 가르쳐 주기도 전에 혼자 예습을 해오는지 습득력도 빨랐다. 이런 걸 보고 청출어람이라고 하던가. 한나는 몇 개월 되지 않아 거의 모든 디저트들을 예쁘게, 빠르게, 만들 수 있었다.

또한 한나는 SNS활동을 많이 해 본 덕분인지 우리 가게의 SNS계정을 따로 만들어 홍보하기 시작했다. 그랬더니 그전보다 손님 수가 훨씬 늘어났다. 좁디 좁은 디저트 가게에 많은 손님이 찾아와 맛있다고 해 주니 너무 고마웠다.

어느 날은 전화가 왔다. 우리 가게는 예약할 수 없어서 가게로 전화 올 일이 별로 없었다. 그렇게 전화를 받았다.
"여보세요. 달콤한 새벽 디저트 카페입니다."
그렇게 전화를 받았다.

"저…… 저번에 디저트 이 가게에서 샀던 사람인데요."

갑자기 이렇게 인사를 시작하니 어떻게 해야 할지 몰랐다. 내 디저트에 혹여 문제가 생겨서 피해를 보진 않았는지 오만 생각이 다 들 찰나 손님 분께서 대뜸 감사하다고 말해 주시는 것이 아닌가.

"저희 딸이 투병 중인데, 원래 밥을 잘 안 먹었는데 이 디저트 몇 개 먹고 나서 밥을 조금씩 먹기 시작하더라고요. 너무 맛있었나 봐요. 감사해요."

그렇다. 손님의 딸이 몇 년째 투병 중이었던 것이다. 처음에는 빨리 낫기 위해서 운동도 열심히 하고, 밥도 열심히 먹었는데, 몇 년을 해 보니 되지 않자 거의 포기하고 있었다고 한다. 그러다가 손님께서는 우연히 우리 디저트 가게에 방문해서 딸에게 디저트를 사 갔는데, 디저트를 먹은 이후로 나아졌다는 것이다.

"아, 저야말로 너무 감사하죠. 따님이 밥도 많이 먹고 운동도 열심히 해서 빨리 낫기를 바라겠습니다. 그리고 제가 선물로 디저트 배달해 드릴게요. 따님께 먹고 싶은 디저트가 무엇인지 물어봐 주시겠어요?"

"아, 정말요? 감사합니다."

그렇게 주문을 받았다.

원래 배달은 해 주지 않지만, 이 손님만큼은 내가 꼭 직접 주고 싶었다. 통화를 끊고 나서, 내가 디저트를 만들고 가장 보람된 하루 인 것 같았다. 만들 때, 힘들고 지치기는 하지만 이런 따뜻한 소식이

들려오면 너무 감사했다. 그럼 이러한 일들을 계기로 더 정성을 담아 디저트를 만들게 된다.

내가 이 가게를 열 때, 다짐한 것이 두 가지 있었다. 첫 번째는 사람들에게 따뜻한 위로나 편히 쉬다 갈 수 있는 가게가 되는 것, 그리고 두 번째는 열심히 일해서 유명해지는 것이다. 그런데 내가 바랐던 두 가지 일이 모두 이루어지는 것을 보니 너무 기뻤고, 내 동생 샛별이가 날 도와주고 있는 것 같아서 고마웠다. 그렇게 배달을 약속했던 2시간 전부터 디저트를 담아 예쁘게 포장을 했다. 그리고 딸을 보살피느라 지치고 힘든 어머니를 위해서 100문 100답 책을 준비해서 어머니의 시간을 가졌으면 했다.

뭔가 부족한 것 같았다. 뭔가 더 해 줄 게 없을까 라고 생각을 해 보니 편지를 쓰는 게 제일 좋을 것 같았다. 손편지를 쓴 지도 한참 됐고, 손님에게 직접 손편지를 쓰는 것도 의미가 있을 것 같았다. 처음에는 뭐라고 써야 할지 몰라서 좀 고민하다가 한 줄 쓰고 나니 줄줄 쓰였다.

안녕하세요. 저는 달콤한 새벽 디저트 가게 사장 송새벽이라고 합니다. 좁디 좁고, 조촐한 저의 가게를 찾아 디저트를 먹어 주시는 것만으로도 너무 감사합니다. 그러나 손님의 딸 분께서는 저의 디저트를 먹고 다시 삶에 도전을 하는 따뜻한 소식을 보내 주셔서 너무 감동받았습니다. 제가 디저트를 준비하고, 만드는 과정에서 힘들 때도 있지만, 손님들께서 맛있다고 하며 행복하게 먹는 모습이 좋았습니다. 손님의 딸 분도 제 디저트를 먹으면서 행복하셨을까요? 제가 해 드릴 건 없어서 손편지를 직접 쓰게 되었습니다. 너무 부담 가지지 않으셨으면 합니다. 「100문 100답」은 아픈 딸을 키우시느라 자신을 되돌아볼 시간이 없으셨던 어머니께 제가 드리는 선물입니다. 어머니도 이 책에 있는 질문에 답을 하면서 힘을 얻어 찾아 따님을 잘 돌봐 주세요. 따님이 빨리 쾌차하시기를 바랍니다. 보잘 것 없는 저의 달콤한 새벽에 찾아 주셔서 감사합니다.

이렇게 편지를 쓰고 예쁘게 포장을 하여 차를 몰고 손님이 있는 병원으로 출발했다. 요 며칠 간 제주도를 둘러보러 한나랑 간다고 쓰던 차였는데, 지금은 요긴하게도 손님께 직접 배달해 드리는 차가 되다니, 너무 뿌듯했다. 한참을 달려 병원에 도착했다. 차에서 내리고 병원을 올려다보았다. 샛별이가 그렇게 된 이후로 다시 오지 않기로 다짐했던 병원에 다시 와 있다니……

그렇게 병원으로 들어갔다. 역시 병원에는 환자복을 입고 돌아다니시는 분이 많았다. 환자복을 보니 자꾸 샛별이가 떠올랐다. 그 생각을 꾹꾹 참으면서 엘리베이터에 올라탔다. 그렇게 손님이 있는 곳에 다다랐을 때, 갑자기 의사들이 뛰어와서 내가 들어가려고 했던 곳으로 들어가는 것이었다.

그 순간 나도 손발이 떨리기 시작했다. 또 무슨 일이 생기는 건 아닐까 혹여 내가 찾아 가야 할 손님일까. 오만 생각이 머릿속에서 돌고 있었다. 의사들이 급한 일인지 누군가를 실어서 수술실로 갔다. 그 뒤로 중년의 여성분이 뒤따라갔다. 혹여 내가 찾아갈 손님일까 이름을 확인해봤다. 왜 불길한 예감은 항상 맞는 걸까.

그렇게 나도 손님을 정신없이 뒤따라갔다. 따님이 수술대로 올라갔고, 중년의 여성인 어머니는 수술실 밖에서 울고 있었다. 내가 뭔가를 해 드릴 게 없어서 내가 가지고 있던 손수건을 어머니께 건넸다.

"저…… 힘드시겠지만, 저희 기다려 봐요. 따님 괜찮아지실 거예요."

사실 나도 확실하게는 모른다. 의사 말도 못 믿었다. 동생은 그렇게 나를 떠나갔으니까.

하지만 지금 이 상황에서 할 수 있는 일은 단 1%의 희망이 있다면, 그 1%의 희망이라도 떠나가지 않게 꼭 잡고 있어야 하는 것이다. 이럴 때는 내가 믿는 종교는 따로 없지만 하나님이든 부처님이든 내가 알고 있는 모든 분들을 불러내어 간절히 기도하는 것밖에 없다. 살려야 하니까.

"고맙습니다. 아…… 혹시 디저트 가게 사장님이세요?"

"네, 사실은 오늘 디저트 배달해 주려고 왔는데, 손님이신 것 같아서 같이 따라 나왔어요. 죄송해요 이렇게 불쑥 따라오면 안 되는 걸 알지만."

"괜찮아요. 이런 일 한두 번 아니니까. 이러다가 곧 멀쩡해져서 제 곁으로 와요."

담담하게 말하는 아주머니셨지만, 눈동자가 흔들리고 있었고, 목소리도 가느다랗게 떨리고 있었다. 지금 무섭고, 불안하기 때문이다. 어느 부모가 자신의 자식이 수술대에 누워 있는데 불안하지 않겠는가.

"저는 동생이 몇 년 전에 저를 떠났어요. 그런데 정말 사람들은 어리석은 것 같아요. 살아 있을 때는 그렇게 밉던 동생이 저를 떠나고 나니 소중함을 았죠. 후회만 했고, 너무 바보 같죠. 그런데 동생은 크고 나면 제가 되고 싶다고 했어요. 이렇게 나쁜 언니가 뭐가 좋다고…. 분명 따님도 말은 안 하지만 어머니 엄청 존경하고 있을 거예요. 더 이상 후회하지 않기 위해서 따님이 무사하기를 빌어요. 같이."

그렇게 나는 장장 7시간을 아주머니와 같이 있었다. 드디어 수술실 문이 열렸고, 수술 결과는 다행히 좋았다. 아주머니와 나는 기쁨의 눈물을 흘렸다. 나는 마치 내 동생이 살아 돌아온 것 같았다. 5년 전으로 돌아온 것처럼 나는 아직 샛별이를 그리워하고 있다. 아주머니께서 아직 진정 못 하시는 것 같아서 딸이 깨어나면 나도 그때 디저트 선물을 주고 다시 가게로 가려고 했다. 그래서 한나가 만들어 준 우리 달콤한 새벽 공식 SNS에 들어가서 손님들에게 남겼다.

오늘은 저의 디저트를 먹고 삶의 용기를 얻으신 분을 찾아왔습니다. 그런데 그분이 방금 수술을 마치셔서 괜찮아지시면 내일 오후 즈음에 가려고 합니다. 그래서 내일은 달콤한 새벽을 열지 않으니 달콤한 새벽을 찾아 주시는 분들께 협조를 부탁드립니다. 감사합니다.

다행히도 예쁜 소녀는 금방 눈을 떴고, 아주머니의 말대로 또 멀쩡하게 돌아왔다.

"저 죄송한데, 따님 병이 어떻게 되는지 물어봐도 될까요?"

"저도 잘 모르겠어요. 용어가 어려워서……. 그런데 다리 한 쪽이 마비가 되어서 걷기가 힘들대요."

"아, 금방 나을 거예요. 걱정하지 마세요."

지금도 나는 거짓말 중이다. 그 손님이 언제 나을지는 모르지만, 그래도 이런 말을 하면 실제로 되지 않을까 하는 기대 때문에..

"당연하죠. 제 목표는 1년 안에 원래 제 몸으로 돌아가서 학교도 계속 다니고, 여행도 자주 갈 거예요."

어린 소녀가 침대에 누워 말을 예쁘게도 했다.

"아, 맞다. 저 이거 디저트요. 저희 매장에 있는 디저트는 한 개씩 다 담아 왔어요. 손님이 주문해 주신 디저트는 세 개씩 넣었고요. 맛있게 먹어, 예쁜이."

그러자 소녀가 나를 보며 울기 시작했다. 살면서 이렇게 착한 언니는 처음 본다고, 다른 사람들은 자기를 보면 동정하거나 비난만 했는데 자신에게 예쁘다고 해 주고, 선물도 이렇게 많이 정성 들여서 직접 배달까지 해 주는 사람이라면서 울기까지 했다.

나는 그런 소녀가 예뻤고, 손을 꼭 잡으면서 말해 주었다.

"이거 먹고 밥도 많이 먹고 운동도 열심히 해서 나아서 우리 가게에 네가 혼자서 걸어오면, 그때 언니가 더 멋진 선물 줄게. 그러니까 빨리 나아야 해. 알겠지?"

"네. 언니 꼭 제가 혼자서 걸어서 언니 가게로 갈게요."

인사를 하고 나오는 도중에 「100문 100답」 책을 꺼내서 예쁜 소녀의 어머니께 드렸다.

"이건 어머니 건데요, 편지 보시면 뭔지 알게 되실 거예요. 어머니도 힘내세요."

왠지 모르게 마음이 뭉클해졌다. 너무 감사했고, 누군가에게 힘이 된다는 것이 너무 좋았다.

귀뚜라미 울음과
비밀

그렇게 나는 가게로 다시 돌아왔고, 내일 팔아야 할 디저트를 만들기 시작했다. 그러다 보니 박라온을 못 본 지 좀 된 것 같았다. 맨날 만나 수다를 떨고 저녁에 만나 야식을 먹으면서 얘기했던 친구가 없어지니 조금 쓸쓸해졌다. 한나도 요즘에는 시험 기간이라서 베이킹 수업을 받으러 오지 못한다. 라온이한테 놀자고 말해 보고 싶은데 임용고시 준비하느라 바쁠 것 같아서 전화를 못 걸고 있었다. 그런데 갑자기 박라온한테서 전화가 왔다. 나는 기쁜 마음으로 전화를 받았다.

"여보세요? 웬일로 전화를 다하시고"
"아니…… 나도 이제 좀 쉬다가 다시 할까 해서 너무 공부만 하는 것도 안 좋을 것 같기도 하고…… 오늘 저녁에 아지트에서 만날까?"

"그래. 오랜만에 밀린 얘기 좀 하고 그러자."

그렇게 우리는 오랜만에 우리의 아지트에서 만나기로 했다. 아지트에 도착하니 귀뚜라미 소리가 들렸다. 시냇물이 흐르는 소리와 귀뚜라미가 우는 소리가 너무 예쁘게 들렸다. 귀뚜라미 울음소리를 듣고 있다 보니, 그가 왔다. 진짜 오랜만에 보는 얼굴이었다. 열심히 공부했는지 살도 좀 빠져 있는 것 같았다.

"대체 얼마나 열심히 공부하기에 이렇게 힘들어 보이냐?"

"한 번에 붙고 싶어서 열심히 하는 중이지. 아, 맞다. 너 박한나 베이킹 수업 해 준다면서? 박한나가 이상한 말 안 했어?"

그가 무슨 의도로 이런 말을 하는지 이해가 가지 않았다.

"예를 들면?"

"뭐…… 할머니랑 왜 친해졌는지 이런 거?"

그가 어떻게 그렇게 딱 맞출 수 있을까?

"어? 어떻게 알았어? 한나가 나한테 왜 할머니랑 친해졌는지 궁금하지 않냐고 묻더라고…… 너 때문에 친해졌다고 하긴 했는데, 별로 안 궁금해서 안 물어봤어."

그가 당황했다.

그는 당황하면 눈빛이 흔들리고 귀가 빨개진다. 대체 무슨 이야기이길래 이렇게 당황하는 것일까. 가족끼리 친해지는 것이라면 분명 할머니한테 잘해서 친해진 것일 텐데.

"너 나한테 뭐 숨기는 거 있지? 왜 이렇게 당황하고 그래?"
"어?…… 아…… 아니야 내가 너한테 뭘 숨겼다고 그래."
자기가 말하고 싶으면 언제든 말하겠지 싶어서 굳이 물어보지 않았다. 그보다 그에게 해 주고 싶은 일들이 너무 많았다. 내가 예쁜 소녀를 만나고 온 일도, 내가 「100문 100답」 책을 만든 이야기도. 사실 「100문 100답」을 만들면서 이 질문을 박라온한테 하면 얘는 과연 어떻게 대답을 할지 궁금했다.

그래서 「100문 100답」 책을 선물해 주기 전에 그에게 질문을 했다.
"만약에 네가 다음 날 죽게 된다면, 죽기 전날에는 무엇을 할 거야?"
사실은 이 질문은 내 동생 샛별이한테 하고 싶었던 질문이었다. 샛별이는 자신이 아프다는 것을 알고 있었을 거니까 언젠가는 자신이 죽을 거라는 것을 알고 있었다. 그래서 항상 자신의 마지막을 준비하고 있었다. 그러나 샛별이에게 이런 질문 한 번을 못해 주었다.

"나는 그냥 평소대로 살 것 같은데. 내가 평소대로 다르게 행동하면 내가 죽는다는 것이 느껴져서 너무 슬플 것 같아."

그의 대답은 내가 생각한 예상 밖이었다. 물론 내가 예상해 둔 답은 없었지만, 내가 생각한 범위 내에서 멀리 벗어난 것이다.

"평소대로 행동하면 정말 죽음이 안 느껴질까?"

"나는 죽음에 대해서 별로 생각하지 않아. 사람들은 언젠가 다 죽게 되니까. 그런데 사람마다 누가 더 빨리 가는지가 다를 뿐인 거잖아. 그냥 단지 나는 내가 죽기 전에 이 세상의 모든 감정을 느껴보고 싶을 뿐이야. 슬프고, 화나고, 경이롭고, 신비하고 세상에 있는 모든 감정을 느끼면 비로소 내가 죽을 때 마지막으로 남은 하나의 감정인 죽음을 느껴 보고 가지 않을까?"

"사람들은 소중한 사람들을 잃으면 울어. 어릴 때는 그냥 슬프니까, 다시는 그 사람을 못 보니까 운다고 생각했어. 그런데 어느 날 죽음에 대해서 생각하는데, 별거 아니더라고. 그냥 소중한 사람과 함께하는 순간들을 만들지 못해서 아닐까? 소중한 사람들이랑 싸웠던 추억, 혼났던 추억, 즐거웠고, 함께 울었던 시간들을 더 이상 그 사람과 함께 만들지 못해서 그래서 슬픈 게 아닐까? 소중한 사람을 떠나보낸다는 게 또 다른 자신을 떠나보내는 거잖아. 죽는 사람도 남은 사람들과의 추억이 있을 테니까. 그래서 슬프다고 생각해."

어떻게 그는 이렇게 생각할 수 있을까? 나와는 정반대인 생각을 하고 있지만, 그의 논리적인 말에 답을 하지 못하였다. 들어보면 맞는 말이니까.

"그렇네. 나는 항상 슬프다고만 생각했어. 그 사람들이 나를 떠나면, 나는 혼자 어떻게 살아가야 하나. 네 말 듣고 나니까 그래도 마냥 슬프지만은 않네. 아, 맞다. 너 임용고시 준비할 때 할머니 집에서 하는 거야?"

"응. 그건 왜?"

"그냥. 한나는 집 가서 하고?"

"박한나는 집 가서 하지."

"근데 너는 왜 집 가서 안 하는데?"

내가 질문을 하자 그의 눈동자가 다시 흔들렸고, 귀가 빨개졌다. 대체 어느 부분에서 당황을 한단 말인가.

"그냥."

정말 나한테 숨기고 있는 것이 있는 걸까?

"나 너 고민 들어줄 수 있는 거 알지? 힘들면 말해. 내가 들어줄게. 혼자 끙끙 앓는 거보다 한 사람한테라도 털어놓는 게 더 나아."

그의 눈가가 촉촉해졌다.

"만약에 그 고민을 얘기하고 소중한 사람들이 떠나가면?"

뭐지? 그 정도로 심각한 고민인가 생각했다. 하지만 나는 그와 이야기하면서 극복해 낸 것이 많고, 그에게 위로받은 적도 많으니 괜찮다 생각했다.

"나는 안 떠나. 다 들어줄게."

그와 약속했다. 그가 무슨 말을 하던 나는 그의 말을 끝까지 들어
주겠다고. 그 이야기 무엇이든 그의 곁을 떠나지 않겠다고.

"나중에⋯⋯ 나중에 말해 줄게."

열대야도 조금 가신 어느 날 밤이었다. 그가 대체 어떤 말을 나
한테 하지 못하고 있는 걸까? 너무 궁금했다. 그의 고민은 무엇일지.
왜 그토록 말하기 힘들어하는지, 나한테도 말하지 못할 비밀이 무엇
인가. 그런 생각을 하면서 집에 도착했다.

요즘따라 저녁에는 선선했다. 그래서 에어컨 없이도 창문을 열
어놓으면 선선한 바람이 불어왔다. 샤워를 하고 침대에 누워 시원한
바람을 맞으며 휴대폰을 보기 시작했다. 인기 동영상에 들어가서 영
상을 보니 동성 커플에 관한 이야기였다. 동성 커플에 대해서 한 번
도 생각해 본 적 없던 나는 이런 영상들이 나에게 새롭게 느껴졌다.
주변에서도 동성 커플이 없어서 어떤 기분일지 생각해 본 적이 없다.
하지만 결코 동성 커플에 대한 시선이 좋지만은 않았다. 그렇게 나는
관련 동영상을 몇 개 더 보다가 나도 모르게 잠이 들었다.

마법의 목걸이와
삼계탕

눈을 떠 보니 아침이었다. 7시였고, 창문을 열어 놓고 잔 탓에 햇빛 때문에 눈이 부셨다. 기지개를 펴고, 아침을 준비했다. 오늘의 아침은 토스트이다. 저번에 TV 프로그램에서 토스트를 해 먹는 장면이 나왔는데, 갑자기 오늘따라 너무 먹고 싶었기 때문이다.

프라이팬에 버터를 녹인 다음에 어느 정도 녹았다 싶으면 빵 두 조각을 노릇노릇하게 구웠다. 계란을 풀고 그 안에 당근, 양파, 양배추 등을 넣고 잘 비비고, 빵이 다 구워져서 빵을 접시 위에 옮겨두고 준비한 것을 프라이팬에 부었다. 노릇노릇하게 잘 익혀 빵 위에 얹고, 케첩을 뿌린 다음에 빵을 다시 잘 쌓아 우유와 함께 준비해었다.
너무 맛있었다. 바사삭 소리와 함께 안에는 촉촉한 계란과 야채들이 있었다. 양파는 아삭아삭 소리가 났다. 아침을 이렇게 맛있게 먹어 본 적은 별로 없었던 것 같은데, 너무 행복했다. 씻고, 옷을 갈아입은 다음에 출근했다. 출근을 하면서 나무로 그늘이 진 덕분에 다른 때보다 시원하게 갈 수 있었다. 게다가 오늘은 자전거를 타고 갔다. 그래서인지 더 시원했다. 자전거를 가게 문 앞에 잘 세워두고, 디저트를 준비했다.

오늘도 많은 손님들이 줄을 섰다.
"안녕하세요. 달콤한 새벽입니다."
작은 가게에 손님들이 복작복작했다. 오늘도 계산하느라 바빴다. 손님들한테 디저트에 대해서 소개해 드리고 싶었지만, 계산하느라 정신이 없었다. 요즘따라 많은 분들이 찾아와 주셔서 혼자서는 조금 버겁기도 했다. 그래서 알바생을 구하기로 했다. 특히 오전 시간에 손님들이 많기 때문에 오전에는 너무나도 필요했다. 마지막 한 사람이 왔다.

오늘은 딱 12시이다. 손님께 먼저 점심을 드실 의향이 있을지 물어봐야 한다.
"안녕하세요. 달콤한 새벽입니다."
손님이 디저트를 다 고를 때까지 기다린 다음, 손님에게 물어본다.
"저, 손님. 제가 마지막 손님에게는 점심을 만들어 드리는데, 드시고 가시겠어요?"
대부분의 손님들은 여행 차 방문해서 점심을 함께 하기 어렵다. 그래서 오늘도 떨리는 마음으로 물어보았다.

"저야 주시면 감사히 먹겠습니다."

성공이다. 오늘은 점심을 손님과 함께 먹을 수 있다. 그 손님은 여자분이셨는데, 어디서 많이 본 얼굴이었다. 또 카메라를 들고 다녔다. 가게 곳곳에서 사진을 찍었다.

"사진 작가세요? 카메라를 들고 다니셔서."

"아니요. 사진 작가는 아니고 사진 찍는 걸 좋아해서."

심하게 꾸미지 않은 그녀의 모습이 자연스럽고 예뻤다.

"아, 점심은 뭐 드시고 싶으세요?"

"저는 아무거나 다 괜찮아요."

"그래도 드시고 싶은 거 없으세요?"

"그럼 죄송한데, 삼계탕 될까요? 아, 디저트 가게에 삼계탕이라니 죄송해요."

그녀가 자신이 말하고도 어이없다는 듯이 웃었다.

"아니요. 당연히 됩니다. 재료도 다 있어요. 디저트 가게에."

우리 둘은 서로 웃었다. 어느 누가 디저트 가게에서 삼계탕을 직접 해 먹을 생각을 하겠는가. 삼계탕이 완성되는 동안 손님은 나에게 이때까지 찍은 사진들을 보여 주었다. 그 손님의 카메라에는 봄, 여름, 가을, 겨울이 다 담겨 있었다. 여행을 자주 다니는 것 같았다.

"혹시 제주도에 사세요?"

"아니요. 저는 서울에 사는데 여행으로 온 거에요."

서울? 나도 서울에 살았었는데 혹시 만난 적이 있었는가? 왜 이렇게 익숙한 느낌이 들지?

"혹시 저 만난 적 있으세요? 어디서 본 것 같아서요."

"저도 그런 것 같아요. 저희 어디서 봤나요?"

"혹시 중학교 어디 나오셨어요?"

"아름중학교요."

"어머, 저도 아름중 졸업했는데."

"아, 정말요?? 혹시 베이킹 부 하셨어요?"

내가 물었다.

베이킹 부 하다가 손가락이 다쳐서 대회에 못 나갔던 친구는 더이상 베이킹 부에 나오지 않았고, 그 뒤로 연락도 되지 않았다.

"…… 네."

맞았다. 그 손님은 베이킹 부에서 나가 연락이 되지 않았던, 그친구였다.

"손가락은 괜찮아요? 그때 손가락을 다쳐서 나간 거 아니었어요?"

"그때 계속 부모님이 저 다칠까봐 반대하셨는데 결국에 손가락을 다쳐서 대회도 못 나가고, 그만뒀어요. 다치고 나니까 부모님이 당장 그만두라 하셔서. 그러다가 카메라에 재미 붙여서 여태까지 카메라로 음식 사진 찍어요. 음식을 만들지는 못하니, 사진이라도 찍을 수밖에. 그렇게 계속 음식 사진 찍다 보니까 직접 안 만들어도 내가 만든 것처럼 느껴지더라구요."

"오랜만이네. 여기 이렇게 만날 줄은 몰랐는데. 그리고, 줄 거 있어요. 아직 보관 중인데, 목걸이."

"무슨 목걸이요?"

"대회 나가기 전에 이 목걸이 가지고 가면 분명히 상 탄다고, 그쪽이 나한테 줬잖아. 그래서 진짜 상도 타고, 고마워서 인사하려고 했는데, 찾을 수도 없고. 그래서 이때까지 보관하고 있었어."

"아…… 고마워. 그걸 여태까지 가지고 있다니 놀라운걸."

그 목걸이는 친구가 나한테 준 희망이었다. 처음 대회 나갈 때 그 목걸이를 하고 나갔다. 처음에는 미신이라고 생각했다. 진짜로 목걸이를 한다고 되는 것도 아니고. 하지만 상을 탔다. 그래서인지 미신인 걸 알면서도 그 목걸이에 내 소원이 이루어질 빌곤 했다. 친구에게 고맙다고 인사를 전해 주면서 그 목걸이를 돌려 주려고 할 때, 그 친구를 찾을 수 없었다. 그래서 내가 여태까지 보관하고 있었다. 그 목걸이에 내 소원을 빌고, 그 소원은 대부분 곧잘 이루어졌다. 그 친구에게 너무 고마웠는데 내 가게에서 다시 만날 줄을 상상도 못했다.

"마법의 목걸이 덕분에 힘들 때 소원을 빌었어. 그 목걸이는 다른 사람한테 가짜일지 몰라도 적어도 나한테는 진짜 마법의 목걸이야. 이제 주인 줘야지."

"됐어. 나보다 네가 가지고 있던 시간이 더 긴데? 그리고 나한테는 마법의 목걸이 아니야."

우리는 학창시절 때부터 못다 한 이야기들을 삼계탕과 함께 이어 나갔다. 그렇게 우리는 3시간이 넘게 수다를 떨었고, 그녀는 약속이 있다며 먼저 일어났다. 그녀와의 오랜만의 짧은 만남이었지만, 너무 반가워서 3시간이 3분 같았다. 훗날 같이 여행도 가고 사진도 찍고, 옛날 같이 저트를 같이 만들어 보자고 약속했다.

때때로 우리는 상하고 있던 일들이, 기대하던 일들이 잘되지 않고, 잠깐 경험한 것을 직업으로 삼기도 한다. 그 친구도 원래는 장래를 베이킹 쪽으로 정했는데, 손이 다치자 카메라를 하기 시작했는데 그것이 그 친구 삶의 행복이 되었고, 나는 우연히 들어가게 된 베이킹 부로 인해 디저트 가게를 차리게 되었다.

인생이란 예상치 못한 방향으로 펼쳐진다, 그 속에서 우연히, 또는 갑자기 삶이 바뀔 수 있다는 것을 이제 알았다. 나에게 있어서 그 목걸이도 우연이었고, 그 친구도 우연이었지만, 그 우연이 내게 준 경험은 소중했다. 오늘도 역시 행복한 하루였다. 많은 손님들이 우리 가게를 찾아 주었고, 오랫동안 연락이 안 닿던 친구도 만났다. 요즘에는 누군가를 만나는 것 자체가 너무 좋았다. 집에 가는 길에 혼자 조용히 시냇물에 발 담그고 가면 더 행복한 하루가 될 것 같아서 오늘은 혼자 아지트에 가기로 마음먹었다.

비밀을 말하기 어렵다면,
초콜릿을

　그렇게 가게 문을 잠그고 아지트 쪽으로 갔다. 역시 귀뚜라미가 예쁘게 울고 있었다. 그런데 귀뚜라미만 울고 있는 것이 아니었다. 어느 남자의 서글픈 울음 소리가 들렸다. 그 남자는 박라온이었다. 임용고시를 준비하고 있어야 할 그가 왜 지금 아지트에서 울고 있는 것인가. 임용고시 준비가 많이 힘들어서 우는 건가 생각도 했지만, 며칠 전에 한 그 말이 떠올랐다. 고민을 말하면 소중한 사람이 떠나갈지도 모른다는 말. 그에게 있어서 소중한 사람이 떠나갈 만한 고민은 무엇일까?

　"왜 울고 있어?"
　내가 그의 옆에 자연스럽게 앉으면서 물었다. 그는 내가 오는 걸 몰랐는지 내가 말을 꺼내자 화들짝 놀랐다. 나인 것을 확인한 후에 그제서야 눈물을 닦았다.

"왜 울고 있냐니까."

"그냥……."

그의 눈동자가 또 흔들렸다. 왜 자꾸 눈동자가 흔들리는 걸까.

"왜 자꾸 눈동자 흔들리는 건데, 고민 있잖아. 말해 봐. 안 떠날게."

누군가에게 고민을 털어놓는다는 것은 소중한 사람을 잃을 각오를 해야 한다. 고민을 털어놓을 때에는 상대방이 듣기 질리지 않게 적당히 하소연을 해야 한다. 우리 엄마가 어릴 때부터 계속 해 주던 이야기이다. 어떤 사람이든지 처음에는 불쌍하고, 힘들어 보이고 안쓰러워서라도 고민을 들어준다.

하지만 그 고민이 똑같은 사람에게 여러 번 전해진다면, 그 고민을 들어주는 사람 입장에서도 싫다. 나도 이를 안다. 그래서 누군가의 고민을 들어줄 때는 살짝 꺼려했다. 한 번 들어주면 계속 들어줘야 할 것 같아서. 하지만 박라온은 내가 샛별이 몫까지 행복하게 살수 있도록 도와준 녀석이 아닌가. 그 고민 여러 번 듣기 무서워 듣지 않는 것은 박라온에 대한 예의가 아니었고, 동생 샛별이한테도 부끄러운 일이었다.

"할머니랑 친해진 이유 말이야."

할머니랑 친해진 이유가 도대체 무엇인지 감이 잡히지 않았다.

"사실은 나…… 하…… 말 못하겠어."

내가 초콜릿을 꺼냈다. 초콜릿을 그에게 주었다.

"말하기 힘들면 초콜릿 먹고 말해. 나도 말하기 힘든 거 있을 때 초콜릿 먹고 말하거든. 그럼 긴장이 덜 돼."

그는 초콜릿을 먹으면서도 표정이 심각했다. 대체 무슨 일인데 그렇게 계속 말을 못하는 건지 이해가 되지 않았다.

"사실은…… 나 남자 좋아해."

무슨 말인지 처음에 이해를 하지 못하였다. 남자를 좋아한다고? 남자? 그럼 얘가 동성을 좋아한다는 건가?

"무슨 말이야? 그럼 너…… 게이라는 거야?"

말도 안 된다고 생각했다.

이때까지 내 주위에 이런 일들이 한 번도 일어나 본 적이 없었다.

"그럼, 저번에 우리 여기서 만났을 때 울고 있었을 때도 이것 때문이야?"

"응."

그가 어두운 목소리로 말했다.

"부모님은 아셔?"

"응."

"그럼 할머니랑 친해졌다는 건 뭔데? 말이 안 되잖아. 이 일로 어떻게 할머니랑 친해져? 말이 된다고 생각해? 대체 왜 네가……."

화가 났고, 믿어지지가 않았다. 그제서야 그가 한 말이 이해가 되었다. 그의 고민을 주위 사람들에게 털어놓으면, 그의 주위에 소중한 사람들이 하나둘 떠나가기 시작했다는 것을.

"할머니는 이 사실을 알고 나를 감싸 주셨어. 그동안 말 못하고 얼마나 힘들었겠냐고, 얼마나 속이 문드러지고, 짓밟혔을까 하시면서. 그런데 그 사실을 가족들은 알지 못했고, 가족들한테도 상처 줄까 봐 말 못하면서 얼마나 속이 아팠을까 하여 할머니는 그렇게 나를 위로해줬어."

"박한나는 그 사실을 알고 나를 한 달 동안 보지 않았어. 역겨웠대. 자기 오빠가 그런 사람이라는 게 너무 싫었고, 창피했대. 나도 이런 내가 창피하고 부끄러운데, 가족들, 친구들은 내가 얼마나 밉고, 창피하고 부끄러울까. 나도 이 사실은 고등학생 때 처음 알았어. 그때는 자살 시도도 많이 했어. 근데 또 막상 그렇게 하려니까 겁나기도 하고 억울하기도 해서……."

저번에 동성 커플에 관한 동영상을 볼 때는 아무렇지도 않다가 막상 내 앞에 그런 사람이 있으니까 매우 당황스러웠다. 사실 어떻게 말을 해 줘야 할지도 잘 모르겠다.

"나는 아직 믿어지지가 않아. 하지만 너도 힘들었을 테고, 네가 자살까지 시도했다고 하니까 충격이기는 해. 근데 말이야. 난 네가 누굴 좋아하든 친구로서 존중하고, 좋아해. 그러니까 기죽지 마. 너 말고도 그런 사람들 많아. 요즘에는 유튜브 하는 사람도 많고, 아무렇지 않게 생각하는 사람도 있어. 나는 네가 다른 사람들 시선 때문에 힘들지 않았으면 좋겠어. 너도 뭐 동성을 좋아하고 싶어서 좋아하는 건 아니잖아. 이렇게 될 줄 너도 몰랐으니까. 아무도 몰랐으니까."

그는 내 말을 듣더니 세상이 떠나갈 정도로 울었다. 그가 그렇게 우는 모습을 처음 봤다. 누구 앞에서 울지도 못하고 매일 이렇게 자기 혼자 애태우고, 불안한 생각을 했을 거라는 상상을 하니 마음이 너무 아팠다. 나도 다른 사람들과 같이 처음 들었을 때 그를 꺼렸지만, 나는 그에게 약속했다. 떠나지 않기로. 나마저 떠나 버리면 더 이상 누가 그의 곁에 있겠는가 생각하니 너무 속상했다. 그것만 아니면 세상에서 떳떳하게, 좋은 사람으로 살 수 있는 애가 사람들의 비난을 받고 있으니.

심지어 가족들조차도 다 그를 이상한 눈으로 봤다고 나에게 말해 줬다. 정말로 가족이 자신을 그렇게 보니 무인도에 혼자 서 있는 것 같았다 했다. 아무리 남이 100번, 1000번 말해도 가족의 한마디 말이 그에게는 상처가 되었다. 가족에게 의지했으나 가족에게 받은 상처가 너무나도 커서 무너졌다. 무인도에서처럼 혼자 살아갈 생각을 하니 눈앞이 깜깜했던 것이다.

모든 사람들이 그를 경멸했을 때, 할머니만큼은 그를 따뜻하게 안아 주었던 것이었다. 그는 그렇게 할머니와 친해졌다. 한나도 그 사실을 받아들일 때까지 한 달이라는 시간이 걸렸다고 한다. 그리고 여전히 그 후로 부모님과는 이야기를 하지 않았다고 한다. 부모님은 학교의 소문을 듣고 그의 비밀을 알게 되었다.

그는 누구한테보다도 부모님한테만큼은 알리고 싶지 않았지만, 역시 영원한 비밀은 없었다. 학교에 그 소문이 나기 시작한 것은 그의 친한 친구가 이야기를 하고 다녔기 때문이다. 그는 너무 무섭고 두려워서 그가 가장 친하다고 생각했던 친구에게 말했던 것이 실수였다. 가장 친했다고 생각했던 친구는 더 이상 그의 친구가 아니었다. 그로 인해 학교에는 소문이 났고, 선생님들 귀에까지 들어갔다. 그는 평소에 모범생이어서, 선생님들은 헛소문이라며 신경 쓰지 않았지만, 사실이었기에 그는 너무 힘든 시간을 보냈다.

그의 이야기를 듣고 나니 어른이 되어서도 그 아픈 기억 때문에, 사회의 시선들이 너무 무서워 밤마다 울곤 했다고 한다.

"근데, 저번에 누구랑 통화하면서 울었던 거야?"

"할머니."

묵직하게 들려오는 그의 대답. 그랬구나. 그에게 할머니는 누구보다도 따뜻한 존재이다.

"부모님이랑 이야기해 보는 건 어때? 여태까지 이야기 안 했다며……."

"나도 이야기하고 싶은데 마주치면 서로 보기 싫어지더라고."

그는 지금 부모님과 담을 쌓고 있는 중이다. 모든 인간은 완벽하지 않다. 완벽할 수 없다. 하지만 모든 걸 못하지는 않다.

그게 하나님이 우리에게 주신 규칙이라면, 단지 누가 더 완벽하느냐, 완벽하지 않느냐이다. 그를 보면서 이런 생각이 들었다. 누구나 아픔이 있고, 그 아픔을 진심으로 보듬어 줄 수 있는 사람이 내 곁에 있으면, 나는 그것이 성공한 인생이라 생각한다. 그럼, 나는 성공한 인생인 걸까? 그의 비밀을 들은 그날 밤, 나는 그에게 완벽한 친구가 되겠노라고, 아픔을 보듬어 주고 이야기를 차근차근 들어줄 수 있는 소중한 친구가 되겠노라고 다짐했다.

내 생애 최고의 선물

일주일 뒤, 그는 가게에 다시 찾아왔다. 간만에 부모님을 만났다고. 부모님을 만나서 이야기를 했다고. 완벽하게 예전처럼 돌아갈 수는 없지만, 어느 정도 그의 존재에 대해서 받아들이시게 된 것 같다고 나에게 전해 주었다. 나 덕분에 용기 내서 부모님을 찾아 뵐 수 있었다고 했다. 내가 그에게 용기를 받은 것처럼 그에게 용기를 줄 수 있는 사람이 되고 싶었다.

그 사이 한나는 시험이 끝나고 나에게 다시 베이킹을 배우러 왔다. 역시 한나였다. 시험이 끝나자 마자 오다니. 시험 끝나고 나면 대부분 놀고 싶을 텐데…… 대견스러웠다.

"안 놀고 싶어? 시험 끝났으면 좀 놀아야 할 텐데, 곧 있으면 또 시험기간이 다가올 테고."

내가 걱정스러운 듯이 말했지만 내심 가게로 바로 와서 기분 좋았다.

"에이, 언니랑 약속했는데 어떻게 놀아요. 그리고 저는 베이킹 배우는 게 훨씬 재미있는걸요."

"아이구 기특해라. 오늘도 열심히 가르쳐 줄게."

"아, 맞다. 언니 혹시 저희 오빠랑 얘기했어요?"

"아…… 어 왜?"

"아니 요즘따라 갑자기 안 하던 짓을 해서."

"응? 무슨 짓?"

"엄마 아빠한테 자주 가서요. 제가 가라고 할 때는 그렇게 안 가더니…… 동생 말은 안 듣고…… 쳇"

요즘 들어 부모님께 자주 간다니 다행이다 싶었다. 자주 간다는 건 이야기도 한다는 뜻일 거고, 이야기를 하다 보면 시간이 지나면 무뎌지지 않을까? 그렇게 하루하루 박라온은 달라져 갔고, 한나도 점점 기술이 발전되어 나보다 더 잘하는 것 같았다.

"아, 맞다. 한나야 언니 요즘에 가게 일이 바빠서 그런데 알바 뽑을까? 알바 뽑으면 편하고, 확실이 가게 회전율이 더 빠를 것 같은데 어때?"

"우리 언니 알바 뽑을 정도로 성공하다니…… 너무 멋진 걸요. 저도 같이 알바 면접 봐도 되요?"

"근데 면접까지야? 사람들이 그 정도로 많이 올까?"

"에이, 언니. 요즘에 SNS에서 우리 디저트 가게 난리난 거 몰라요? 분명히 SNS 공지 올리면 사람들 많이 올 거예요."

"그…… 그런가? 호호."

알바 뽑을 생각을 하니 두근두근거렸다. 열심히 해서 성공한 것 같아 뿌듯하기도 했다.

집에 가자 마자 노트북을 켜고 SNS에 공지를 올렸다.

달콤한 새벽에서 알바를 구하고 있습니다. 요즘 손님들 덕분에 인기가 많아져서 바빠져 알바를 구하게 되었습니다. 출근 시간은 오전 8시이고, 퇴근 시간은 오후 3시입니다. 디저트에 대해서 잘 모르셔도 괜찮습니다. 마음씨만 따뜻하면 충분합니다. 관심있는 분들은 저에게 SNS를 통해서 문자를 주시면 감사하겠습니다.

그로부터 1시간 뒤에 휴대폰을 확인해 보니 문자가 10통이 넘게 와 있었다. 이렇게 많은 사람들이 지원해 주실 줄 몰랐는데, 생각보다 많은 사람들이 지원을 했다. 각자 날짜와 시간을 정해 주고 당장 오늘 오후부터 면접을 볼 생각이다. 오후 5시가 되면 알바 면접생이 들어온다.

지금은 오후 4시 50분. 10분만 기다리면 된다. 재깍재깍 왜 이렇게 시계가 빠르게 가는 걸까. 내가 면접 보는 것도 아닌데 왜 이리 떨릴까. 어제 준비해 둔 질문 용지를 준비해 두고 면접 보러 오는 사람들이 차를 마실 수 있게 미리 따라 놓았다.

그렇게 10분이 흘렀고, 알바 면접을 보러 왔다.
"안녕하세요."
서로 어색한 인사를 나누고 본격적으로 질문을 했다. "혹시 저희 디저트 가게에 알바를 신청하신 이유는 무엇인가요?"부터 어떤 알바를 해 본 경험이 있는지, 앞으로 어떤 부분에서 열심히 할 것인지, 우리 가게의 시스템은 잘 아는지 물어보았다. 내가 생각했던 평범한 질문들에 평범한 답들이 계속 이어졌다.

첫 번째 면접을 보고 나니 5시 30분이었다. 3시간은 면접을 본 것 같았는데 고작 30분이라니…… 오늘만 5명의 면접자를 보고 내일도 나머지 5명을 봐야 한다. 면접도 쉬운 일이 아니라는 걸 알게 됐다. 내일은 한나랑 같이 면접을 보기로 했다. 한나랑도 거리낌 없이 친하게 지낼 수 있었으면 하는 마음에서이다. 오늘은 그렇게 하루가 흘렀고, 내일 아침 일찍 장사를 하고 면접까지 보려면 피곤한 하루가 될 것 같았다. 그래서 오늘은 일찍 불을 끄고 잤다.

다음 날 아침, 오늘도 어김없이 많은 손님들이 찾아와 주셨다. 오늘은 몇몇 손님들께서 알바생을 구했냐고 물어봐 주셨다. 우리 가게의 SNS를 많이 봐 주시는 것 같아서 너무 감사했다. 오늘 마지막 손님은 4명의 가족이었다. 보통 4명의 가족은 식사를 사양하지만, 이 가족은 식사를 흔쾌히 허락해 주셨다.

오랜만에 손님과 먹는 점심에 들떴다. 3살, 4살 꼬마 어린이들이 있는 가족이라 어린아이들이 있는 가족이었다. 너무 예뻐 보였다. 아이 이름은 하유리, 하방울이었다. 이름이랑 외모랑 너무 잘 어울렸다.

"뭐 드시고 싶은 거 있으세요?"

"어…… 잘 모르겠는데……."

"그럼 제가 순두부찌개 만들어 드려도 괜찮으세요?"

"아 네, 감사합니다."

"서울에서 오셨나 봐요."

"아, 네. 어떻게 아셨어요?"

"서울말 쓰셔서…… 오랜만에 들어보네요."

"고향이 서울이세요?"

"네. 저 롯데월드 근처에 살다가 내려와서 디저트 가게 하고 있어요."

"저희도 롯데월드 근처에 사는데, 이웃사촌이네요. 하하하하"

"그러게요. 대한민국이 좁긴 좁네요."

"저희 갈 때 수박 파이도 포장해 주실 수 있으세요? 저희 딸 갖다 주려고요."

"딸이 또 있으세요? 몇 살이에요?"

"이제 중학교 1학년인데, 집에 혼자 있겠다고 해서……."

"아, 그럼 얘네가 늦둥이네요?"

"네, 뭐 그렇죠."

그렇게 이야기를 나누는 동안, 순두부찌개는 보글보글 끓고 있었다. 불을 끄고, 밥상을 차렸다. 그 가족과 함께 이야기를 하다 보니 어느새 나도 모르게 그 가족이 된 것 같았다. 샛별이가 아프기 전에도 우리 가족도 이렇게 행복했었겠지? 4명의 가족들과 이야기하다 보니 어느새 시간이 훌쩍 지나가 버렸다. 그렇게 수박 파이도 예쁘게 포장해서 보내 주었다.

곧 있으면 한나가 올 시간이다. 한나가 학교를 마치고 바로 뛰어왔는지 숨을 헐떡거리며 들어왔다.

"헉헉, 도착, 흐아아 힘들어."

"빨리도 왔네. 아직 면접 보려면 5분 더 기다려야 하는데."

"5분밖에 안 남았어요? 흐아아, 5분이라도 헉헉 일찍 왔으니까 다행이지."

여전히 숨을 헐떡이면서 말하고 있었다.

1시간 30분 동안 네 명의 알바생을 면접 보고 드디어 마지막 알바생이었다. 드디어 들어왔다. 그런데 어디선가 본 예쁜 소녀였다. 누구지…… 누구지 생각하다 보니 옛날에 내가 병문안을 갔다 온 손님이었다. 나와 약속을 지킨 것이다. 진짜로 이렇게 걸어올 줄 몰랐는데, 이렇게 나를 놀래켜 주다니. 감동이었다.

"언니, 저 언니랑 약속 지켰어요."

하면서 천천히 한 걸음씩 내딛으면서 나에게로 걸어왔다. 나를 놀래켜 주기 위해서 알바하고 싶은 사람인 척 나에게 SNS로 문자를 보냈던 것이다. 예쁜 소녀가 나에게 큰 박스를 하나 주었다.

"이거 뭐야?"

나는 눈이 토끼 눈처럼 커져서 물었다.

"선물이에요. 그거 제가 직접 만든 거예요. 병원에 있는 동안이라도 뭘 해야 할 것 같아서…… 받아 주세요 언니."

너무 감동이었다. 사실 학교 다닐 때부터 다 내가 다른 사람들에게 해 주기만 했지 받아 본 적이 잘 없었기 때문이다. 그것도 내가 고마워하는 사람에게 선물을 받으니 너무 행복했다. 진짜 나도 모르게 눈물이 났다. 뒤에서는 예쁜 소녀의 어머니께서 나를 보며 흐뭇하게 웃고 계셨다. 아직까지 다리가 비록 완벽하게 나은 것은 아니지만, 천천히 걸을 수 있는 정도라고 했다. 그래도 얼마나 다행인가. 내가 많이 해 준 것은 아니지만, 진심을 다해서 할 수 있는 것을 해 주니 나에게도 그만큼의 보상이 따르는 것 같았다. 예쁜 소녀를 보고 있자니 마치 내가 키운 아이 같아서 더욱 사랑스럽게 보였다.

"이때까지 이름도 모르고 있었네. 이름이 뭐야?"

"나윤이요. 소나윤."

"이름도 예쁘네. 앞으로 이렇게 가끔씩 찾아오면 맛있는 거 많이 줄게. 알았지? 다음에 볼 때는 혼자 걸을 수 있을 정도면 좋겠어. 알았지?"

"네, 언니. 저 이제 가 볼게요. 내일 학교 갈 준비해야해서."

"알겠어. 다음에 또 봐! 안녕."

인사를 하고 가자 한나가 나를 보며 쟤는 누군지 물었다. 한나도 아는 줄 알고 있었는데 생각해 보니 한나는 그때 시험기간이라 같이 가지 않았던 것이다. 한나에게 그 상황을 설명해 주니 완전 멋있다고 난리가 났었다.

한나를 집에 데려다 주고 오는 길에 발걸음이 너무나도 가벼웠다. 누군가를 돕는 일이 이렇게 행복한 일이었구나라는 생각이 요즘에 들기 시작했다. 그래서 토요일마다 가는 봉사를 신청했다. 장소는 그날그날 다른데, 내일은 학교 담벼락에 벽화를 그려서 꾸미는 봉사를 한다. 꾸미고, 그림을 그리는 것을 별로 좋아하지는 않지만, 그래도 봉사활동이라 생각하니 마음이 가벼워졌다. 한 달에 한 번 봉사활동을 갈 생각이다. 물론, 그 달에 피치 못할 일이 생긴다면 못하겠지만.

우울할 때는
달콤한 케이크를

그 다음 날, 나는 봉사활동을 가기 위해 출발했다. 오늘은 학교 담장에 그림을 그려야 해서 각자 그릴 도구를 가져올 사람을 가져가기로 했다. 옛날에 잠깐 미술에 빠져 있을 때 미술도구를 엄청 산 적이 있었다. 그때도 넓은 면을 색칠해야 해서 큰 붓으로 사 놨었는데 요긴하게 쓰일 것 같았다. 2시까지 모이기로 했으니까, 아직 2시간 정도의 시간이 여유가 있었다. 점심시간도 다 되어 갈 때쯤, 휴게소에 들러 점심을 먹고 가기로 했다.

휴게소에는 먹거리들이 많았다. 뭘 먹을지 한참을 고민하다가 라면을 시켜 먹었다. 라면은 언제 먹어도 맛있었다. 휴게소에서 라면도 먹고 소떡소떡도 먹으니 배가 불러왔다. 기분 좋게 다시 출발하였다.

그렇게 장장 1시간 30분 거리를 달려서 봉사 활동 장소에 도착하였다.

그런데 이상하게도 사람이 한 명도 없는 것이다. 시간도 얼추 맞춰서 왔는데, 왜 아무도 없지? 20분을 기다렸는데도 아무도 오지 않자 왠지 느낌이 싸했다. 왜지… 휴대폰을 다시 보니 새림 고등학교가 맞는데, 왜지? 그런데 위치를 다시 확인해 보니 같은 이름의 고등학교가 또 있었던 것이다. 그런데 심지어 가게에서 얼마 되지 않은 거리였다.

갑자기 기분이 너무 다운됐다. 지금 그쪽으로 다시 가 봤자 봉사 활동은 이미 끝나 있을 것이다. 너무 허무한 하루였다. 물론 휴게소에서 맛있는 음식을 먹은 것 빼고는…… 주위에 다른 디저트 가게가 있나 찾아보았다. 기분이 우울해서 단 것도 먹고 싶었고, 다른 디저트 가게들은 어떻게 디저트를 만드나 궁금하기도 했다. 주위에 디저트 가게를 찾아보니 유명한 집이 있었다.

여기는 아기자기한 케이크가 유명했다. 무지개 케이크, 레터링 케이크도 있었고, 조각 케이크를 예쁘게 만들어서 파는 것이었다. 무지개 케이크와 감귤 케이크를 한 조각씩 시켜서 먹어보았다. 무지개 케이크는 색깔별로 있어서 너무 예뻤지만, 맛은 보통의 케이크와 비슷했다.

만약에 내가 무지개 케이크를 만든다면, 주황색은 당근, 빨간색은 딸기, 파랑색은 블루베리 등으로 색을 입혀서 과일의 단맛을 더 부각시킬 것이다. 디저트 가게를 운영 하고 있어서인지 나도 모르게 맛 품평을 하고 있었다. 이놈의 직업병 같으니라고. 감귤 케이크는 무지개 케이크보다 과일의 맛이 더 나서 맛있었다.

갑자기 디저트 가게의 신비한 나라 케이크를 만들어 보고 싶다는 생각이 들었다. 신비한 나라의 케이크는 한 번 케이크를 만들 때마다 달라지는 것이어서 세상에 하나뿐인 케이크이다. 대부분 하늘색과 핑크색으로 이루어져 있지만, 손님의 기호에 따라 색을 2가지 정도 더 넣을 수 있어서 어느 부분에 어느 색깔의 빵으로 만들어질지 모른다. 그래서 더욱 궁금해질 것이다. 역시 디저트 만들려면 현장 답사도 해야 한다니까.

우울했던 기분이 다시 좋아졌다. 마치 오늘 날씨 같았다. 오늘 날씨는 맑았다가 어두워졌다 다시 맑아졌다. 하늘도 나의 기분처럼 변덕을 부리는 걸까? 하지만 하루에 여러 기분을 느껴 보는 것도 나쁘지 않은 것 같다.

집으로 가는 길에 마트에 들렀다. 신메뉴인 신비한 나라 케이크를 만들기 위해서이다. 신비한 나라의 케이크 어떻게 생겼을지 나도 너무 궁금했다. 아직 신비한 나라 케이크에 대한 정확한 이미지가 잡히지 않아서 여러 번 시도해 보기로 했다. 이 케이크를 접했을 때 손님들이 실망하지 않도록 만들고 싶었다. 그리고 가격은 부담스럽지 않게 해야지.

장을 보고 있는 도중에 전화가 왔다. 옛날에 베이킹 부를 같이 했던 선배였다.

"여보세요."

"여보세요 선배 오랜만이에요 웬일로 전화를 하시고?"

"부탁할 게 있어서…… 너 요즘에 디저트 가게 잘되고 있지?"

"네, 뭐 잘되고 있어요. 부탁하실 건 뭐예요?"

"내가 지금 중학교에서 베이킹 부 만들어서 가르치고 있거든. 애들한테 일일강사로 네가 가르쳐 줬으면 하는데…… 어때?"

상당히 재미있을 것 같았다.

"아, 저는 당연히 좋죠. 언제에요?"

"바로 다음 주 월요일인데 괜찮겠어?"

다음 주 월요일이라…… 알바를 뽑긴 뽑아야 하는데, 이참에 빨리 뽑아야겠다.

"네. 선배도 오랜만에 보고, 학생들한테 가르쳐 주면 재미있을 것 같은데요?"

"고마워. 네 덕분에 수업 재밌게 할 수 있겠다. 그럼 수업 어떻게 할지는 문자로 보내 줄게. 월요일에 봐."

"네, 선배."

학창 시절 나를 잘 도와줬고, 실력도 있는 멋진 선배였기에, 한달음에 바로 달려가고 싶었다. 안 본 지 꽤나 시간이 지나서 어떻게 변해 있을지도 궁금했다. 빨리 장을 보고 집으로 돌아와 신메뉴 개발에 힘썼다. 역시 신메뉴 하나를 만드는 데에 너무 많은 비용과 시간이 걸렸다. 하지만 내가 누구인가. 송새벽이다. 성공했다.

시계를 보니 어느덧 새벽 5시, 밤을 샜다. 그래도 생각한 것보다 신메뉴 개발이 빨리 끝나서 다행이다. 이제 눈 좀 붙인 다음에 알바를 뽑고 월요일에 갈 수업 준비를 해야 했다. 그 많은 일을 하려면 에너지가 필요했다. 녹초가 된 나는 새벽 5시에 퇴근을 했다. 너무 피곤해서 씻지도 않고 그냥 자 버렸다.

그렇게 시간이 흐르고 눈을 떠 보니 오후 2시. 6시에 잠이 들었으니까 9시간이나 잠을 잤다. 그런데도 너무 피곤했다. 더 자고 싶었다. 침대에서 꾸물대다가 이대로는 안 되겠다 싶어 일어났다. 안 씻고 자서 화장도 그대로였다. 그나마 기초화장만 하는 편이라서 피부에 트러블이 생기지는 않았다. 빨리 씻고 나서 알바할 사람을 뽑아야 했다. 말 잘한다고 일을 잘하는 것은 아니기 때문에 말을 잘한 사람을 뽑을 수도 없었다. 하지만 내가 알고 있는 것은 그들이 말한 내용 뿐이니 어쩔 수 없었다. 9명 중에서 집도 그나마 가까워서 걸어서 출퇴근 할 수 있고, 젊은 친구인 시하 씨를 뽑기로 결정했다. 가게에 무거운 물건을 옮길 때가 있는데 역시 혼자서는 무리였다. 그래서 일단 알바를 뽑아 보기로 했다. 유시하 씨에게 알바 면접에 합격하였다는 문자를 보냈다.

그리고 선배가 보내 준 문자로 수업 내용을 확인했다. 수업 내용은 학생들이 직접 만드는 과정을 내가 보고, 부족한 부분에는 제대로 알려 주고, 학생들이 만든 음식을 먹어서 평가하는 수업이었다. 일단 학생들에게 기본적으로 알려 주고 싶은 것이 있었다.

디저트를 포함한 모든 음식은 정성 들여서 만들어야 한다. 정성을 들이지 않는다는 것은 가게를 망하게 하는 지름길이라고. 정성을 들이지 않는다면, 손님들은 결코 행복하지 않다고. 음식이 맛있는 것은 그만큼 누군가가 다른 누구를 위해서 정성 들여 만들기 때문이라고.

수업 준비를 하고나서 휴대폰을 보니 유시하 씨에게서 문자가 와 있었다.

감사합니다 사장님. 앞으로 열심히 하겠습니다.

시하 씨에게 월요일부터 혼자 해 줄 수 있냐고 말하기가 부담스러웠다. 미안하기도 했고, 어느덧 가게일이 적응된 나에게도 버거운 일인데 가르쳐 주지도 않고 혼자 할 수 있을까? 걱정되었다. 거절을 예상하면서 혹시나 하는 마음에 문자를 보내는 중이었다.

안녕하세요 시하 씨. 알바 시작하기 전날부터 부탁을 드려서 죄송한데요, 혹시 내일 혼자서 오전에 가게를 맡아 주실 수 있으신 가요? 디저트 가게 알바 경력도 있다고 해서 어느 정도는 알 거라고 생각하는데, 혹시 해 줄 수 있으세요? 제가 아는 선배의 부탁으로 베이킹 부 학생들에게 수업을 하러 가게 되어서요. 힘드실 것 같으면 안 된다고 이야기해 주세요!

해 주겠다는 대답을 내심 기대하고 있지만, 그런 대답이 오지 않을 걸 알고 있었다. 드디어 대답이 왔다. 제발 제발 제발…… 떨리는 마음으로 확인했다.

첫 날이지만 한 번 해 볼게요. 학생들한테 수업을 한다는 것은 좋은 기회잖아요. 열심히 하고 오세요!

이럴 수가 눈 앞에 천사가 내려온 줄 알았다. 세상이 이렇게 착한 사람이 있다니…….

고마워요. 열심히 학생들 가르치고 올게요. 오후 3시 전에는 갈 것 같으니까 가게에서 봐요. 퇴근 시간은 철저히 지켜드리겠습니다.

하 너무 기뻤다. 당연히 거절할 줄 알고 긴장하고 있었는데 흔쾌히 괜찮다고 해 주어서 너무 고마웠다. 나중에 그녀에게 신메뉴를 제일 먼저 선물해 줘야겠다.

음식의 메인
재료는 정성

　두근두근 떨리는 마음으로 학교에 갔다. 몇 년 만의 학교인가. 학교를 졸업하고 거의 10년 만이었다. 게다가 내가 베이킹 부 선생님으로 학생들을 가르치러 가다니 만감이 교차했다. 내가 한번 해봤지만, 진로를 정하는 데 있어서 가장 중요한 역할을 했던 것이 베이킹 부였기에, 학생들에게도 열심히 가르쳐 주고 싶었다.

　수업에 들어가기 전, 수박 파이를 들고 선배를 먼저 만나러 갔다. 베이킹 부 선생님으로 근무한 지 8년차이다. 너무 멋있어 보였다.
　"선배! 완전 오랜만이에요. 엄청 멋있어졌는데요?"
　"내가? 너야말로 베이킹 가게로 이름 날리고 있으면서. 일단 밀린 이야기는 나중에 하고 지금 수업하기 5분 전이니까 빨리 가자."

"네."

　중학생들이라 그런지 확실히 나를 알아보는 학생들이 꽤 있었다. 손님들이 디저트 가게에 오면 인증샷도 꼭 찍어서 올려 주시기 때문이다.

"안녕하세요."

　학생들이 밝게 인사해 주었다. 마치 어릴 때 발표할 때처럼 심장이 쿵쾅거리기 시작했다.

"오늘은 다들 알다시피 각자 디저트를 만들면 여기 계신 송새벽 선생님께서 평가하고, 부족한 부분이 있으면 도와 주실 거예요."

"네!"

　너무 떨렸다. 내가 직접 학생들의 디저트를 평가할 수 있는 날이 오다니. 학생들에게 더 많은 것을 알려 주기 위해서 학생들이 어떻게 하는지 꼼꼼하게 관찰했다. 어떤 학생은 솜씨를 최대한 발휘하고, 데코레이션도 예쁘게 하기 위해서 애쓰는 것 같았지만, 자신이 하는 속도가 제시간에 맞지 않자, 울상이 되어가면서 계속 만들고 있었다. 나는 그런 경험도 필요하다고 생각한다. 어떻게 해서든 자신의 디저트를 위해서 최선을 다해야 한다고. 또 어떤 학생은 수준급의 실력을 보여 주었다. 하지만 이 학생에게서는 디저트를 만들 때 어떠한 두근거림도, 설렘도 보이지 않았다. 이 학생에게서는 어째서 그런 눈빛이 보이지 않는 걸까? 그렇게 시간이 흐른 뒤, 마감 시감이 5분도 채 남지 않았다. 몇몇 학생들은 마지막으로 확인하고 제출했다. 하지만 유독 열정이 넘치던 그 학생은 자신의 디저트를 덜 완성하고 제출했으며, 수준급의 실력을 가진 학생은 언제 냈는지 디저트를 내고 창밖을 바라보고 있었다. 나는 학생들이 제출한 디저트를 한 개씩 맛보았다. 어떤 디저트는 너무 달았고, 어떤 디저트는 타 있었고, 어떤 디저트는 맛있었다. 그렇게 조금의 시간 동안 평가를 한 뒤, 학생들에게 말했다.

"수고했어요 다들. 오늘 엄청 힘들었을 텐데도 다들 열심히 해 주어서 고마워요. 아 참, 창밖 보고 있던 학생, 이름이 뭐죠?"

그 학생은 자신이 잘못이라도 한 줄 알고 얼굴이 딸기처럼 새빨개져 있었다.

"학생은 잠깐 남아요. 할 말 있어요."

그 학생이 왜 디저트를 만들면서 행복하지 않을까, 그 친구에게는 디저트를 만드는 일이 행복한 일이 아닌가 하는 생각이 들었기 때문이다.

오늘 열심히 참여해 준 학생들에게 고맙다며 내가 직접 만든 디저트를 하나씩 나누어 주었고, 한 명, 한 명의 학생들에게 부족한 부분은 무엇이고, 어떤 부분을 잘했는지 설명해 주었다. 마지막 정리를 한 뒤, 그 학생을 교사용 책상 앞에 앉히고는 물었다.

"디저트 만드는 일이 재미가 없니?"

그 학생은 적잖이 당황하였다. 눈이 동그랗게 커졌으며, 그런 질문을 왜 하는지 궁금해하는 것 같았다.

"재미없는 건 아니에요. 그런데 저는 단지 다른 친구들보다 디저트 만들기에 자신이 있고, 잘한다고 생각해서 베이킹 부에 들어온 거예요.

그렇지만 저는 디저트 만드는 일이 행복하다고 생각하지는 않아요."

예상외의 대답이었다. 단지 자신이 잘해서 하는 것이라니…… 그렇다. 나는 내가 좋아서 하는 베이킹이라 다른 사람들도 그렇게 하고 있을 거라 착각했던 것이다.

"그럼 네가 좋아하는 일은 뭐야?"

오랜 시간 동안 적막이 흘렀다. 그렇겠지. 자기가 하고 싶은 일이 있었으면 바로 그쪽으로 가지 않았을까? 항상 궁금한 것이 있었다. 나는 항상 내가 잘하는 것을 좋아했기에 별 고민이 없었지만, 좋아하는 것과 잘하는 것이 다른 것은 어떤 느낌일까? 잘하는 것이 좋아하는 것으로 될 수는 없는 걸까? 그래서 좋아하는 것과 잘하는 것의 차이가 있는 사람들을 이해하지 못하였다.

"무용이요."

적막 속에서 무거운 말 한 마디가 나왔다.

"무용? 원래 무용 했었던 거야?"

"네, 그런데 무용을 하다가 다리를 심하게 다치는 바람에 다리에 무리가 가면 더 이상 다리를 쓸 수 없을지도 모른데요. 그래서 어쩔 수 없이 그만뒀어요."

"그럼 지금은 무용 말고 다른 좋아하는 일 없어?"

"저는 그냥 잘하는 거 할래요. 좋아하는 것 하면서 못할 때마다 자격지심 느끼고, 슬퍼하고, 후회하는 것보다 차라리 잘하는 거 해서 기분 좋고, 잘돼서 나중에 취미로 좋아하는 거 하고 싶어요."

이 말을 듣는 순간, 나는 그때 이런 생각을 왜 했을까, 샛별이가 그렇게 되고 나서 나는 내가 힘든 것 때문에 내가 하고 싶은 일을 선택하자 무심코 그렇게 결정을 내린 것이 아닌가 하는 생각이 들었다. 이렇게 어린 학생도 깊은 생각을 할 수 있는데 나는 그때 왜 하지 못 하였을까 하는 후회감도 들었다.

"잘하는 거 해서 편하게 살고 취미로 좋아하는 거 하면서 살면 나는 그게 오히려 더 좋을 것 같 같은데? 자기가 좋아서 하는 잘 하 는 일이라면 더 좋겠지만 세상에 그런 사람들은 몇 안 되지 않을까? 솔직히 보면 우리 주위 사람들 다 그렇잖아. 엄마 아빠들도 하고 싶 은 일 포기하고 가정을 위해서 자식을 위해서 좋아하는 일은 아니지 만 그 일을 하는 거잖아. 힘들고 지쳐도 책임져야 할 가족이 있으니 까. 모든 사람들은 자신이 하는 모든 일이 좋아서 한다고 생각하지 않아. 우리 엄마도 내 동생이 아플 때 병원비가 있어야 하니까 어쩔 수 없이 좋아하는 거 포기하고 일을 하게 된 거고."

"그래서 잘하는 거 하려는 거예요."

갑자기 하는 말에 나는 이해를 하지 못하였다.

"무슨…… 뜻이야?"

"언제는 아빠가 우는 모습을 본 적이 있어요. 항상 밝고, 듬직하 던 아빠가 우는 모습을 보니까 갑자기 가슴이 철렁하는 거예요, 무 슨 일이 생긴 걸까, 도대체 어떻게 된 거지…… 진짜 오만 생각이 다 드는데…… 아빠가 제가 무용 하다가 다리 다쳤을 때 스트레스가 너 무 심했나 봐요. 아빠는 더군다나 하고 싶은 일이 있었는데 일단 돈 을 벌어야 하니까 어떤 일이든 한 건데, 이제는 아빠도 너무 지친다 하더라고요. 근데요. 근데…… 저는 그걸 엄마 아빠가 이야기하는 걸 몰래 들어서 알았어요. 저녁에 잠이 안 와서 침대에 누워 있는데, 엄마 아빠 목소리가 들리는 거예요. 아빠가 엄마한테 너무 지치고 힘들다고. 나도 좋아하는 거 하고 싶다고 했어요. 저희 아빠는 건축가가 하고 싶었는데, 어쩌다 보니 평범한 회사원이었던 거예요. 또 거울을 봤는데, 주름이 너무 많아졌대요, 흰 머리도 너무 많이 났고. 평상시에는 그런 말을 들어도 아무렇지 않게 지나갔는데, 저녁에 그 말을 듣고 나니까 너무 슬퍼서…….”

그 학생은 그렇게 한참을 글썽이다 눈물이 나올 것 같은지 말을 멈추고 고개를 숙였다가 이 행동을 수십 번이고 더 반복했다. 너무 기특했다.

“기특하네, 네 말이 맞아. 좋아하는 일을 한다고 해서 무조건 행복해지는 건 아니야. 이제 그럼 아빠한테 고마운 거 항상 생각하고 있겠네?”

대부분 자식이 부모의 꿈을 바꾸지만, 꿈이 바뀐 부모로 인해 자식의 꿈이 바뀔 수 있다는 사실을 왜 난 이제 안 것일까. 나도 항상 부모님께 감사하면서 살아야 하는 것은 알지만, 너무 자주 깜빡한다. 부모라는 존재가 자식에 있어서는 너무 익숙한 존재인 걸까. 하지만 그렇게 또 부모가 떠나고 나면 그 익숙한 존재는 어디서 찾아야 하는 것일까. 우리는 너무 많은 시간을 허비하고 있다. 자기계발에 힘쓰고, 죽도록 공부하고, 성공해도 나에게 사랑을 주었던, 행복을 주고 꾸짖음을 주어 제대로 자라도록 할 수 있게 해 준 그 사람이 없으면 아무 소용이 없는 것을. 부모에게, 가족에게, 진심을 다해야 한다는 것을.

그렇게 그 학생과 이야기를 한참 하고 나중에 가게로 놀러 오라고 하였다. 학생과 이야기를 다 나눈 후, 학교 선배를 만나러 갔다. 그 선배와는 할 이야기가 매우 많았지만, 오늘 처음 와서 일을 하고 있을 시하 씨가 걱정되었고, 그에게 일찍 가겠다고 이야기를 해 놓은 터라 선배와 이야기 할 시간이 별로 없었다. 그래서 선배와 만나자고 약속을 한 뒤 급하게 나왔다. 그렇게 나는 차에 올라탔고, 전력질주를 하여 가게에 도착하였다. 숨을 헐떡이며 가게 안으로 바로 뛰어 들어갔다. 문을 열자마자 소리쳤다.

"시하 씨, 미안해요, 많이 늦었죠?"

토끼 눈처럼 놀란 눈으로 나를 바라보았다.

"아, 안녕하세요. 물 드릴까요?"

역시 시하 씨는 너그럽고 따뜻한 사람이었다.

"네, 부탁드려요."

숨이 너무 차서 물 한 컵을 그 자리에서 원샷 해 버렸다. 사장 체면에 초면부터 이게 무슨 일인가. 너무 창피했다. 그래도 아무렇지 않은 척 자리에 앉았다.

"오늘 너무 힘들었죠? 미안해요. 알바 첫날부터 웬 날벼락인가 싶었겠네요."

"아니에요. 그 전 가게에도 이런 적이 많아서 괜찮아요."

"아, 알바 열심히 하시나 봐요."

"네…… 뭐"

"오늘은 수고했고, 내일 봐요. 힘들었을 텐데."

"네, 그럼 안녕히 계세요. 내일 오겠습니다."

다행이었다. 자주 자리를 비우진 않겠지만, 혹시 몰라서 알바를 구해 둔 덕분에 너무 평한 하루였다. 나도 오늘은 가게 문을 일찍 닫고 라온이랑 오랜만에 밀려온 이야기를 하러 출발했다.

비 오는 날
파전과 함께

그를 만나기 위해 할머니 집으로 갔다. 그런데 하늘을 보니 오늘은 왠지 비가 내릴 것 같았다. 드디어 장마 시작인가. 여름에는 장마만의 묘미가 있지만, 아무래도 나는 가을 비가 제일 좋았다. 가을 비는 시원해서 한번 쏴아 내리고 나면 기분이 좋아지는 반면, 여름에는 비가 내리는 동안에도, 비가 내리고 난 후에도 너무 습해서 별로다. 혹시 몰라 우산을 챙겨 놨으니 망정이지 나에 비가 와서 맞을 생각을 하니 너무나도 끔찍했다.

똑똑똑 문을 두드리며 할머니를 불렀다.
"할머니~ 할머니~ 저 왔어요."
할머니께서 나오시지 않고 박라온이 나왔다.

"어? 왜 네가 나와? 할머니는?"

"할머니 여기 앞에 마을 회관 잠깐 다녀오신다 했어."

"아, 뭐 잘됐네. 나 너랑 밀린 이야기할 거 무지 많은데. 오늘은 나랑 머리 좀 식히면서 이야기하지 않겠소?"

내가 능청스럽게 그에게 장난을 걸었다.

"흠. 그대 뜻이 그렇다면, 내 한번 고민해 보겠소."

그도 능청스럽게 나의 장난을 받아 주었다. 그렇게 집으로 들어 갔고, 그와 나는 비도 오니까 오랜만에 파전을 만들어 먹기로 하였 다. 그는 내가 파전을 만드는 동안에도 공부를 하고 있었다. 그에게 는 이 짧은 시간조차 절박한 것 같았다. 비 오는 소리를 들으면서 파 전을 굽다니, 너무 기분이 좋았다. 그렇게 파전을 다 만들고 그의 방 으로 가지고 올라갔다. 그는 공부하다 내가 올라가자 따라오라고 하 였다. 대체 어디를 가는 것일까? 그의 방을 따라가다 보니 너무 예 쁜 장소가 나왔다. 한옥에만 있는 곳이었다. 그것도 1층이 아니라 2 층에 이런 곳이 있다니 너무 예뻤다. 그 장소는 마침 오늘을 위해 만 들어진 것 같았다.

"어때? 죽이지?"

"완전 예쁘다."

한옥의 멋을 고스란히 담고 있는 그곳의 가운데 테이블이 있었 다. 그는 햇빛이 좋으면 시원한 음료수를 가지고 와 마시고, 하늘이 예쁜 날이면 나와서 사진을 찍고, 바람이 시원하고 적당하게 부는 날 이면 가끔 눈을 감고 그 바람을 느끼기도 하며 눈이 오는 날에는 따뜻한 옷을 껴입고, 눈을 구경하기도 한다고 했다. 또한 그가 제일 좋아하는 장소이면서, 할머니 집에 계속 있고 싶은 이유 중 하나였다.

"부모님이랑은 요즘 어때?"

내가 그와의 적막을 깨고 이야기했다. 그때까지도 파전은 여전히 뜨거워서 연기가 나고 있었다.

"요즘은 많이 좋아졌어. 가끔 괜찮은지 물어봐 주시곤 하기도 하고, 힘든 건 없는지 또 집에 들어올 생각은 없는지도 물어봐 주셨어."

"많이 좋아졌네. 부모님은 노력 중이신 것 같은데 넌 어때?"

"나도 역시 아직 어린가 봐. 부모님이랑 얘기하는 게 이렇게 좋을 줄은 몰랐어. 그런데 집에는 안 들어가겠다고 했어."

"왜?"

"나는 이 집이 더 좋아. 그리고 할머니가 걱정돼. 요즘은 연세가 드셔서 내가 할머니 깨워 드렸을 때 할머니가 바로 안 일어나면 가슴이 철렁해. 언제는 내가 할머니를 부른 적이 있는데 대답이 없는 거야. 그래서 나는 안 계신 줄 알고 있었는데, 주무시고 계시더라고. 그래서 몇 번이고 깨워 드렸는데, 안 일어나서 그때는 진짜…… 어떻게 되신 줄 알고."

"가슴 철렁한 느낌…… 어떤지 알아. 잘됐네, 나도 할머니 집에서 네가 더 오래 할머니랑 같이 있으면 좋겠어."

"안 그래도 그렇게 하려고."

이야기를 하고 나니 파전은 아까보다는 좀 식은 것 같았다. 하지만 빗소리를 들으며 먹는 파전은 언제나 맛있었다.

"공부는 잘되어 가?"

"음, 뭐 그럭저럭. 요즘에는 가끔 학교도 나가서 학생들한테 직접 수업도 하고 그래. 근데 하고 나니까 뭔가 좀…… 예전과는 다르게 하고 싶은 느낌?"

"무슨 말이야?"

"음. 예전에는 내가 그냥 하고 싶었던 거라면, 지금은 사교육 없이도 학생들한테 공부할 수 있다는 걸 보여 주고 싶어."

"진정한 교육자네."

우리는 한참 동안 만나지 못했을 때의 밀린 이야기들을 계속 하였다.

"아, 맞다. 그런데 나 알바 뽑았다. 그런데 일을 너무 잘해. 오늘이 첫날이었는데 내가 애들 가르쳐 주러 간다고 오전에 맡겼는데, 너무 잘해 놨더라고."

"뽑길 잘했네. 너 가게 요즘에 잘되서 한창 바쁘다고 했잖아."

"그러니까."

우리는 계속 웃고 웃으며 빗소리에 자연스레 귀를 기울였다. 그렇게 바쁜 하루는 또 지나갔다.

인연이 여기까지라면,
놓는 게 맞아

사장님, 죄송한데 어쩔 수 없이 제가 알바를 그만둬야 할 거 같습니다.

주말 아침에 늦잠을 자고 일어나 휴대폰을 확인하니 이런 문자가 와 있었다. 아침 댓바람부터 이게 무슨 일이람 싶었지만 그렇게 착한 사람이 이렇게 갑자기 그만둔다 하니 어떤 상황이 있겠지 이해했다. 이해되지 않았지만, 이해하려 했다.

알겠어요. 시하 씨도 어떤 상황이 있으니 그만두는 거겠죠. 앞으로 좋은 일만 가득하길 바랄게요. 저번에 힘들었을 텐데 일 도와준 거 너무 고마웠어요.

어떻게 보면 오지랖일지 모르지만, 너무 좋은 사람이었기에 그에게 좋은 말을 해 주면서 그렇게 그와의 인연을 끝냈다. 사람 사이에는 서로 인연이 있다. 많고 많은 나라 중에서 우리나라에서, 그것도 제주도의 어느 작은 시골 마을 디저트 가게에서 누군가를 만났다는 것은 큰 인연이었다. 아직도 기억이 난다. 초등학교 3학년 때 선생님이었다. 그 선생님은 우리가 이렇게 만나게 된 것은 정말 인연입니다. 많고 많은 학교 중에서, 그것도 이 반에서 선생님과 친구들이 만나게 된 것은 인연이라고 생각해요. 그 선생님의 말을 듣고는 누군가를 만나면 어릴 때 다 인연이라고 생각했다. 살아가면서 인연이라는 단어를 쓰는 횟수가 점점 줄어들었지만, 가끔 소중한 사람에게는 말해 주고 싶다. 엄마에게, 아빠에게, 내가 힘들 때 묵묵히 들어준 사람들에게. 우리는 모두 소중한 인연이라고. 이 넓은 지구에서, 나랑 만나서 나를 위로해 주고, 사랑해 줘서 고맙다고. 우리는 정말 소중한 인연이라고. 이 인연이 익숙해져, 그 인연이라는 끈이 낡아서 닳아서, 끊어지기 일부 직전까지 가게 된다면 우리는 이 인연이라는 끈에 묶여 서로에게 최선을 다했다고. 그 인연이라는 끈을 보면서 우리는 다시 튼튼한 끈을 만들기 위해 노력하겠다고. 나의 소중한 사람들에게 전해 주고 싶다. 다음 생에 태어나도 희미하더라도 그 인연의 끈이 연결되어 있기를 바랄게. 그래서 그냥 길에서, 횡단보도에서 지나쳐 가는 사람 그렇게라도 연결되어 있으면 좋겠어. 항상 잘해 주지 못해 미안해. 이렇게 전해 주고 싶은 사람도 있겠지. 그런데 살아가다 보면 얼굴조차 보기 싫은 사람도, 목소리조차 듣기 싫은 사람도 있을 거라 생각한다. 자신이 그 사람과 인연이 아니라고 생각한다면, 빨리 놓는 게 좋다고 생각한다. 사귀었던 사람도 싫어진다면 빨리 놓는 게 맞다고 생각한다. 사람이 이유 없이 좋아지듯, 싫어지는 데도 이유가 없다. 적어도 나는 그렇다. 주위에 인연이 여기까지라고 생각된다면, 놓는 게 맞다. 모든 사람들을 인연이라고 생각한다면, 그건 어쩌면 너무 슬픈 일이니까. 나를 함부로 대하는 사람에게 인연처럼 대하는 건 어쩌면 너무 슬픈 일이니까.

벌써 가을이 점점 다가오는 것 같다. 한여름의 더위는 잦아들었으며, 저녁에 누우면 잔잔하게 바람이 부는 것도 같다. 가을이 다가오면, 여름은 곧 떠나겠지. 벌써 가을 생각을 하다니. 현재에 충실하자던 내 모습은 어디로 갔을까. 나는 현재에 충실하며 살아가고 싶다. 내가 언제 죽을지 모른다고 생각하니까 너무 아까웠다. 사람들은 언제 어떻게 될지 모른다. 그런데 다들 개미처럼 열심히 일을 하며 살아간다. 나는 그저 베짱이처럼 다가올 미래는 모른 채 살아가고 싶었다. 하지만 역시 그렇게는 되지 않더라. 언젠가 엄마가 나에게 말해 줬다.

'엄마, 나는 베짱이 같은 인생을 살 거야. 언제 죽을지도 모르는데, 이렇게만 산다면 나는 너무 슬플 것 같아.'
'엄마도 그렇게 생각해. 그런데 살아 보니 말이지, 세상이 그렇게 호락호락하진 않아. 만약 네가 베짱이가 되고 싶다면 주위에서는 너를 가만두지 않을지도 몰라. 특히 내가 말이야.'

그렇겠지. 베짱이처럼 살고 싶지 않은 사람이 있을까? 다 그렇겠지?

가을

남아란

아름다운 고엽의 계절,
가을

벌써 낙엽이 우수수 떨어지고 길바닥이 빨강, 노랑으로 물드는 독서의 계절, 가을이 찾아왔다. 어릴 때만 해도 덥지도 않고 춥지도 않은 애매한 가을이 싫었지만, 지금은 그래도 나이를 조금 먹었다고 나에게 가을은 바람이 불어 와 시원하지만 아직도 따뜻한 기운이 남아 있는 계절로 다가왔다. 후덥지근했고 조금만 움직여도 땀이 송골송골 맺히는 여름은 지나간 지 오래인지라 얼마 전 옷장에서 얇은 아우터들을 꺼내고 맘에 들었던 신상 코트를 구매했다. 오늘 아침에 그 코트가 배송되었고 기분 좋은 날이 될 것이라 확신하며 카페의 문을 열었다.

역시 행운은 하루에 다 몰려 있는 것 같았다. 가끔이지만 찾아오는 진상 손님들도 없었고 창문을 활짝 열어 불어오는 시원한 가을바람이 기분을 더욱더 좋게 만들었다. 카페의 점심시간이 지나고 손님들이 별로 없는 조용한 시간대가 되자 내 마음도 평안해졌고 한동안 바빠서 못했던 독서를 해 볼까 전시용 도서들 중 하나를 꺼내 들었다. 히가시노 게이고의 「나미야 잡화점의 기적」이었다.

「나미야, 잡화점의 기적」은 내 동생이 세상을 떠나고 내가 취업 준비할 때부터 항상 힘을 내게 해 준, 한마디로 내 인생 책이다. 힘들고 지칠 때마다 그 책을 꺼내 페이지들이 꾸깃꾸깃해질 때까지 몇 번이고 반복해 읽었다.

오늘도 한참 집중해서 읽다가 과거 회상을 하고 있던 중 오븐에서 떵 하는 소리가 경쾌하게 울려 퍼졌다. 아까 구워둔 쿠키가 다 되었나 보다. 책을 잠시 놓아두고 오븐을 여는 중 무심코 시계를 쳐다보았다. 아, 이제 벌써 4시. 중고등 학생들의 하교 시간이다. 곧 학생들이 물밀 듯이 들어올 것 같아 책을 계산대 안쪽에 꽂아 두었다.

왁자지껄한 하교 시간이 지나고 어중간한 5시가 되었다. 하교 시간도 아니고, 그렇다고 퇴근 시간이라고 하기에는 조금 이른 감이 있어 잠깐 숨을 돌리려고 의자에 앉았다. 그 순간 카페의 문이 열렸다.

"안녕하세요! 달콤한 새벽입니다."

교복을 입고 자기도 모르게 쭉 뻗은 키와 사랑스러운 얼굴을 자랑하며 들어오는 여학생이 보였다. 저번에 한창 더울 때부터, 자주 보이던 여학생이었다. 디저트를 고르는 여학생을 빤히 바라보고 있자 눈이 마주쳐 입꼬리를 당겨 웃어 주었다. 내가 웃어 주자 여학생도 함께 웃어 보이는데 그 눈동자가 왠지 모르게 평소보다 더 슬퍼 보였다.

"손님, 디저트 포장 끝났습니다."
"감사합니다. 안녕히 계세요"
나에게 인사를 하며 디저트가 담긴 비닐봉지를 들고 가게를 나가는데 훌쩍거리는 소리가 들렸다. 고개를 들어서 손님을 쳐다보았지만 그냥 걸어 나가길래 잘못 들었나 싶어 그냥 다시 돈 계산을 하려고 했는데 점점 울먹이는 소리가 커지더니 서럽게 우는 듯했다. 여태껏 카페를 운영한 약 6개월 동안 이런 적은 거의 없어서 더 당황했던 것 같다.

"학생~ 울지 말고 이리로 와 봐요."
어느 정도 울음이 그친 듯해 끓여 놓은 하늘보리차를 갖다 주고 달래 주었다. 여학생이 갑자기 디저트를 받아들고서는 울음을 터뜨리는 이 상황 자체가 조금 낯설어 여학생이 운 이유가 궁금해졌다. 솔직히 이런 상황에서 누가 그 이유를 궁금해하지 않을 것인가.

"왜 우는 건지 말해 줄 수 있어?"

"······ 학생이 말하기 싫으면 말하지 않아도 돼. 괜찮아."

"저 그게······ 사실 제가 학교에서······."

여학생이 운 이유를 들어보니 조금은 공감이 되고 조금은 안쓰러운 그런 일이었다. 그 여학생의 이름은 유아람. 우리 카페에서는 디저트를 만들고 손님에게 건네 줄 때는 봉지에 그 손님에게 위로가 될 만한 글귀를 적어서 드리는데, 오늘 아람이에게 건네 준 봉지의 글귀가 아람이의 마음에 크게 와 닿았다고 했다. 아람이가 받은 글귀는 '너 혼자여도 괜찮아. 희망을 가져'였는데 아람이의 요즘 상황과 딱 맞아떨어지는 글귀였다고 한다.

사실 아람이는 학교에서 선생님들의 예쁨을 받고 실장도 하는 다재다능한 친구였다. 공부도 잘하고 흔히 말하는 엄친아인데 학우관계가 좋지 않아 고민하는 중이라고 했다. 대개 여러 여학생들이 그러는 것처럼 아람이네 학교에서도 각자 맞는 친구들끼리 무리를 만들어 다니는데, 아람이와 함께 다니던 친구가 여름방학 사이에 전학을 가 함께 다닐 친구가 없다는 게 아람이의 고민이었다.

아람이네 반에는 이미 여러 무리가 형성되어 있는데 아람이는 소위 일진, 날라리라고 불리는 아이들 혹은 무리 밖에서 겉도는 왕따아이들과는 친구가 되는 걸 원하지 않고, 그렇다고 해서 다른 친구들이 자신을 받아 주지 않을 것 같아서 친구를 새로 만드는 것을 두려워하는 것이었다.

또한 아람이는 자기 나름대로 새로운 친구를 사귀기 위해 열심히 노력을 했었다. 그렇지만 새로운 친구를 사귀는 것이 마냥 쉬운 것이 아니라는 것을 느꼈다. 겨우 끼인 무리에서 내쳐지는 등 많은 실패와 많은 상처를 안고 있었다. 그래서 더 서러워 보인 것인지도 몰랐다.

아람이의 사정은 알게 되었는데, 아직도 울었던 정확한 이유를 몰라 어떻게 말을 꺼내야 할지 몰랐다. 그래도 명색이 '달콤한 새벽', 지금까지 여러 사람들에게 고민 상담을 해 주었던 디저트 카페인만큼, 아람이의 마음도 이해해 주고 공감해 주고 싶었다. 또 내 학창 시절이 생각나 그냥 넘어가기가 마음에 걸렸다. 우리 카페의 글귀를 읽고 이미 위로를 받았다고는 하지만, 난 이런 글귀로 한 사람의 마음이 완벽히 치유되지 않는다는 것을 알고 있어서 어떻게든 손닿는 데까지 도와주고 싶었다. 결국 난 아람이만 괜찮다면 내가 할 수 있는 모든 것을 동원하여 아람이를 도와주기로 했다.

"아람아, 만약에 말이야, 네가 열심히 노력을 하고 최선을 다하고 나서도 네 고민이 해결되지 않고 그때도 여전히 힘들고 지치면, 여기로 와. 언니가 할 수 있는 것은 별로 없겠지만, 이래봬도 이 언니, 사람을 위로해 주고 달래 주는 것, 긍정적으로 기운을 북돋아주는 것만큼은 세계 제일이야."

"…… (훌쩍) 크흐히히히 언니 완전 웃겨요. 만약에 그때도 이러면 꼭 여기 올게요. 저 기다려 줄 거죠?"

"당연하지!"

생각보다 아람이가 쾌활하고 재밌는 아이라는 걸 알았다. 보면 볼수록 십몇 년 전 나를 정말 많이 닮은 아이였다.

당신의 선택은 항상 옳다

아람이가 그렇게 울고 나와 약속한 후 벌써 2주일이 지났다. 딸랑딸랑 하며 문이 열릴 때마다 아람이일까 기대되어 고개를 들지만 그때마다 아람이는 없었다.

내가 카페로 출근한 지 채 10분도 되지 않았을 때 자주 오는 남자 분이 오셨다. 항상 말끔한 정장을 입고 에스프레소를 사 가는 분이었다.

"어서 오세요!"

급하게 앞치마를 묶으며 인사했다. 계속 그랬듯이 차분한 목소리로 에스프레소를 주문하셨다. 훤칠한 키에 시원하게 생긴 얼굴이라 계산할 때마다 저절로 감탄이 나오는 외모였다. 그렇게 손님이 가는 뒷모습을 바라보며 눈 호강을 하다가 다시 아람이 생각에 빠졌다.

"…… 아 걔. 유아람 말이야? 걔 우리 반이잖아."

우리 카페 어디선가에서 들려오는 아람이의 이름에 졸려서 감기던 눈이 번쩍 뜨여졌다.

"크크 유아람 걔 우리가 내치니까 다른 애들한테 끼이려고 엄청 애쓰더라. 그래봤자 우리가 다 막아놔서 끼지도 못할 텐데."

"진짜 역시 너답다."

"걔 우리가 순진한 척하니까 진짜 순진한 줄 아는 듯 크흐흐. 걔 이재영 쪽 애들만 무서워하잖아."

"너 진짜 착한 척 그만해라, 나도 너 무섭다 큭크크."

그 학생들을 힐끗 쳐다보며 엿듣다 보니 충격적인 내용이 흘러나왔다. 대충 어떤 상황인지 짐작은 가지만 아직은 정확한 물증이 없어 그 학생들의 내용을 조금 더 가까이서 듣기로 했다. 가게 어딘가 구석에 처박혀 있던 만화책을 들고 그 학생들의 뒤쪽 의자에 자리했다. 아 물론, 좀 더 자연스러워 보이기 위한 아메리카노 한 잔도 빼먹지 않았다.

"…… 솔직히 걔 재수 없어. 쌤들이 오냐오냐 해 주고 실장 한다고 지가 뭐라도 되는 줄 아나? 우리 앞에서 완전 공주님인 것 같이 하잖아."

"인정. 김예인? 걔 믿고 완전 제멋대로 행동하는데 진짜 꼴 보기 싫음. 어차피 김예인은 방학 때 전학 갔는데 아직도 김예인 우리 학교에 있는 줄. 아이고 무서워라."

"김예인은 우리가 하는 말에 하나하나 말대꾸하고 그래서 거슬려서 가만히 냅뒀건만 유아람 그 계집애는 우리가 뭐라 말하면 우리랑 싸울 말빨도 안 되면서 우리 막 깔보는 듯하는 거 진짜 화남. 와 생각만 해도 짜증나네."

아람이를 욕하고 뒷담화할 줄은 알았지만 생각 밖이었던 대화 내용에 꽤 당황했다. 아람이 말만 들어보면 아람이가 친구들에게 다가가려고 있는 힘껏 노력했지만 실패하여 속상한 것이었는데 이 학생들의 대화 내용을 듣고 보니 혼란스러웠다. 내가 생각했던 아람이의 쾌활한 면과는 좀 많이 다른 부분이라 더 헷갈렸다.

듣고 보니 아람이가 나에게 이야기 해 줬던 얘기와는 조금 다른 얘기인 것 같았고 나에게 다 말해 주지 않은 것 같아 조금은 서운하기도 했다. 그래도 나는 아람이를 믿기로 했다.

더 이상 아람이를 욕하고 비난하는 것을 듣고 싶지 않아 자리에서 일어났을 때, 마침 누군가가 들어오는 소리가 들렸다. 서둘러 계산대로 되돌아가 손님을 맞이하려고 앞치마를 탈탈 털고 고개를 들었는데 매우 당황스러웠다. 아람이가 내 눈앞에 서 있는 것이었다.

물론 방금 전까지 아람이를 욕하던 저 학생들이 더 화들짝 놀랐겠지만 나도 그들 못지않게 놀랐다. 아람이에 대한 신뢰도가 조금 떨어지고 아주 조금의 의심이 생길락 말락 할 때 아람이를 마주한 것이 니까 말이다. 그러나 아람이의 얼굴에 더 기절초풍할 뻔했다. 어디서 얻어맞고 왔는지 눈두덩이도 엄청 부어 있고 심지어 볼 밑에 턱 선 부분에는 작지만 확실한 흉터까지 생겨 있어 저절로 눈살을 찌푸리 게 되었다. 동시에 없던 보호 본능마저 생길 것만 같았다.

그래도 아람이를 욕하는 학생들이 있어 대놓고 걱정은 못해 주 고 일단 모양으로 주문하라며 말을 건넸다. 아람이는 용케도 내 말 을 알아듣고 고민하는 척을 하며 스콘을 주문했다. 쟁반에 음식과 함께 쪽지를 건넸다.

잠깐만 카운터 쪽에 앉아 있어.

아람이가 들어오자마자 학생들은 우르르 몰려서 가게 밖으로 나 갔다. 혹시나 아람이 앞에서도 아람이를 욕할까 일부러 카운터 쪽에 앉아 있으라고 말해 두었지만, 역시나 거의 들으라는 듯이 크게 앞 담을 하며 나갔다. 나도 들었으니 아마 아람이도 들었을 거 같아 마 음이 쓰였다.

아람이에게 너무 모든 신경이 쏠려 있어 그 애들까지 신경 쓸 여 유가 없었다지만 그래도 이렇게 아람이의 마음에 상처가 가는 일을 그냥 내버려 두다니…… 아람이에게 너무 미안하고 한편으로는 아 람이가 불쌍해서 마음 한편이 찡했다. 아람이에게 미안해서 어쩔 줄 몰랐다. 하지만 나보다 아람이가 우선, 아람이는 안 그래도 통통 부운 눈으로 세상 서럽게 눈물을 뚝뚝 흘리고 있었다.

저번에 봤을 때보다 더욱더 사태가 심각함을 눈치챈 나는 그냥 아무 말 없이 아람이를 내 품 안에 쏙 넣어 안아 주었다. 가장 좋은 위로는 허그라는 말도 있지 않은가.

"언니."
내가 별다른 말을 꺼내지도 않았는데 먼저 말을 꺼내는 아람이가 기특하고 안쓰러웠다.
항상 볼 때마다 울고 있는 저 여린 아이가 저런 뒷담화, 앞담화 속에서 어떻게 살아남았는지 놀랍기도 하고 또 얼굴에 그 흔적들은 무엇이냐고 물어보고 싶었지만, 아람이가 상처받을까 애써 참았다.

안고 있는 와중에도 눈물이 뚝뚝 떨어져 내 어깨가 다 젖고, 요즘 그렇게 춥지도 않은데 덜덜 떨리는 그 몸에 나도 덩달아 너무 슬펐다.

어디서 그렇게 상처를 내고 왔는지, 왜 그렇게 서럽게 울음을 터뜨렸는지 그런 궁금증들이 수도 없이 생겼지만 꾹 참고 천천히 토닥토닥 아람이를 달래 주었다. 저번에 아람이가 처음 왔을 때의 데자뷰 같았지만 어쩔 수 없었다. 이런 상황에서 다른 어떤 행동을 할 수 있겠는가. 이번에는 내가 담가둔 유자청으로 유자차를 만들어 주었다.

직접 시장에 가 구매한 신선한 유자를 깨끗이 헹구어서 씨를 쏙 쏙 발라낸 후 겉껍질과 속껍질을 따로 분리했다. 겉껍질은 채를 썰고 속껍질은 갈아서 설탕과 버무려 유리병에 담았다. 병 내부 위쪽에 설탕으로 코팅해서 약 2, 3일 실온에서 보관하다 냉장고에 넣었다. 딱 3일 전 유자청이 끌려서 만들어 두었는데 잘한 것 같았다. 유자청을 예쁜 컵에 덜어 끓인 물을 부어 스푼으로 저어 주었다. 유자차를 마시면 아람이의 마음이 조금은 진정이 되지 않을까?

홀짝, 하고 아람이가 유자차를 맛보았다. 안 그래도 통통 부은 눈이었는데 울어서 엄청 작아진 아람이의 귀여운 눈이 잠깐 반짝였다.

"언니, 이거 뭐예요? 완전 맛있어요."
울어서 발음이 흐려진 코맹맹이 소리로 유자차를 칭찬하며 무엇인지 물어보는 아람이가 사랑스러웠다. 겨우 15살밖에 되지 않은 아이가 탱탱 부운 얼굴로 눈을 초롱초롱 빛내며 물어보는데 사랑스럽지 않겠는가.

빨리 아람이의 관심을 돌리고자 유자차에 대한 얘기를 해 주었다.
"아 이건 유자차라고 해. 처음 마셔 봤구나?"
"네. 에? 이게 차라고요? 엄마가 집에서 만들어 주던 티백 차랑은 완전 달라요."
"그치. 아마 그럴 거야. 유자차는 귤처럼 새콤달콤한 과일로 만드는 차라 달달하고 또 이거는 언니가 직접 가게에서 담근 유자청으로 만든 차거든."

"우와 신기해요. 차를 직접 만들 수 있어요? 언니 완전 멋있어요."

"고마워. 아까 보니까 감기 걸린 거 같아 보여서 유자차 만들어 왔어. 유자차는 감기 걸렸을 때 마시면 효과가 좋거든."

"감기요? 감기는 아니고요. 사실 어제 하루 종일 비 맞고 다녔어요. 그럼 감기가 맞나?"

그렇다. 어제는 비가 억수같이 쏟아졌다. 카페 내부에도 습기가 가득 차서 여러 가지 디저트들을 만드는데 어려움이 있을 정도였다. 그러나 어제, 어제는 내가 비가 와서, 감성에 취해 노래를 들으며 여러모로 즐거웠던 날이었다. 그때 아람이가 비를 맞고 다녔다니…… 갑자기 너무 안쓰러웠다. 그런데 어제는 새벽부터 비가 왔기 때문에 분명 아람이는 학교에 우산을 들고 갔을 것이다. 근데 왜 비를 맞은 것일까.

"아람아. 비, 왜 맞은 거야? 우산 없었어?"

그때 추궁 아닌 그 추궁을 그만두었어야 했다. 그 뒤에 이어지는 그 말을 듣는 순간 내 억장이 무너지는 듯 했다.

"아니, 어제 우산을 학교에 가져가기는 했어요. 심지어 사물함에 학교용 우산도 있었거든요. 근데 학교 마치고 학원에 가려는데 우산 꽂이에 우산이 없는 거예요. 학원에 늦어서 사물함을 열어 다른 우산을 꺼내려는데 그것마저 사라진 거예요. 너무 놀라서 반 구석구석을 뒤져보고 2층까지 내려가서 교무실 옆에 있는 분실물 수거함도 찾아봤어요. 그런데도 전혀 안 보이는 거예요."

"혹시나 저…… 싫어하는 애들이 있는데 걔들이 숨겼을까 봐 무섭고 짜증나서 몸에 긴장이 들어가서 볼일이 보고 싶어져서 화장실에 갔어요. 거기서 화장실 쓰레기통에 제 우산이 부품 하나하나 분리돼서 버려져 있는 거예요. 심지어 쓴 휴지들이랑 여성용품들이 있는 쓰레기통이요. 너무 역겹고 두렵고 그래서 조립해 볼 생각도 안하고 그냥 학교를 뛰쳐나와서 비를 맞으며 학원에 갔어요. 그렇지만 학원에도 다 우리 학교 학생들이고 학원 같은 반에도 우리 반 학생들이라 우산을 빌릴 친한 친구가 없었어요. 아직은 친구를 사귀지 못했거든요."

여기까지밖에 듣지 않았는데 벌써부터 내 눈에서 눈물이 그렁그렁하게 맺히면서 곧 눈에서 폭포가 쏟아질 것만 같았다. 아람이는 꿋꿋이 담담한 표정을 지으며 말하고 있었지만 실상 눈은 다시 애처로운 눈을 하고 있었다.

"집에 오는 길에도 비를 맞고 들어와서 아마 감기에 걸린 것 같아요. 엄마랑 아빠는 항상 늦게 들어오셔서 우산을 가져다 줄 가족이 없거든요. 어릴 때부터 그래서 딱히 힘든 것은 없지만 그래도 조금 서운해요."

항상 혼자였던 나의 십대와 닮아 더 가엾으면서도 공감되고 이해되었다. 내가 인생을 살아가면서 느꼈던 그 많은 것들을 다 이야기 해 줄 수는 없지만 그래도 조금이라도 충고, 조언 같은 걸 해 주고 싶었다.

"언니, 저 친구 어떻게 사귀어야 하는 걸까요? 친구 사귀는 게 너무 어려워요. 다들 날 싫어하는 것 같고요. 지금 다가가 보아도 친구가 되지 못할 거 같아 두려워요."

"아람아, 사실 언니도 어릴 때 너랑 똑같았다. 너랑 똑같이 소심했고 수줍음이 많았고 누군가에게 다가가는 것이 정말 힘들었어. 그거 때문에 너처럼 스트레스도 많이 받았고 두려웠어. 그렇지만 지금 언니를 봐. 언니는 잘 이겨 낸 거 같지 않아? 너도 무조건적으로 혼자 견뎌 내라는 게 아니야. 나도 내가 지금의 괜찮은 내가 될 수 있도록 나를 이끌어 주고 도와주신 분이 있었어. 언니도 딱 지금 너만할 때, 제일 힘들었고 또 그분을 만나기도 했어. 그분은 우리 학교 수학 선생님이셨어. 원래 존경하던 그 선생님이 나에게 말씀해 주시는 것을 듣고는 그 선생님이 더 좋아졌어. 그분이 언니에게 어떤 말씀을 해 주셨는 줄 알아?"

"뭐, 뭔데요?"

"네가 선택한 것이 옳은 것이야. 딱 이렇게만 말씀해 주셨지. 언니도 친구를 어떻게 사귀어야 할지, 아님 친구라는 존재를 포기하고 오직 내가 하고 싶은 것만을 향해 달려갈지를 너와 마찬가지로 갈팡질팡 하고 있었으니 말이야."

"'내가 선택한 것이 옳은 것이다.' 믿음이 가는 말이네요."

"그렇지? 그래서 난 그 잠깐 친구 사귀는 것을 포기했었어. 내가 아무리 노력해도 되지 않는 것은 그냥 과감히 포기하고 다른 걸 선택해서 쭉 직진해 나갔더니 어느 날 친구가 자연스레 생기더라. 그러니까 일단 네가 하고 싶은 걸 해 봐. 네가 친구 사귀는 것을 진짜로 가장 원하는지 아니면 원하는 것이 따로 있는지 찾아서 제일 원하는 것부터 하면은 언젠가 다른 것들이 자연히 붙지 않을까?"

아람이는 큰 깨달음을 얻은 듯 순식간에 디저트들을 먹어치우고 자리에서 벌떡 일어났다. 가방을 싸서 나가려는 찰나에 뒤를 돌아보며 나에게 말했다.

"언니, 언니가 참 많은 도움이 되는 것 같아요. 저 이렇게 열심히 열정적으로 도와주셔서 감사합니다."

나는 그냥 씽긋 웃어 주고 그릇들을 정리했다. 카운터에 가서 고개를 들어보니 아람이는 가고 없었다. 아람이가 어떤 생각인지는 잘 모르겠으나 내 말들이 조금은 도움이 된 것 같아 기뻤다. 아람이가 꼭 잘 해결했으면 하는 마음이 들었다.

설마가 사람 잡는다

요즘 들어 중고등학생 손님들이 많이 찾아오는 것 같았다. 그들의 입맛을 겨냥한 성숙한 듯한 달콤한 음료들을 새로 만들어서 더 그런 것 같기도 했다. 심지어 얼마 전에는 선생님으로 보이는 분이 오셔서 학생들이 우리 가게를 좋아한다며 칭찬도 해주고 가셨다.

그래도 그냥 그러려니 하면서 평소 같은 일상을 보내는 와중이었다. 이곳은 제주도 중에서도 조금 변방에 위치해서 번화가들도 그렇게 크지 않고 학교도 몇 개 없는 작은 동네이다. 그래서 그런지 아니면 정말 내가 필요했던 건지 오늘 가게 문 닫을 시간이 다 되어 가게를 정리하고 가게 셔터를 내리는 순간이었다.

"잠깐만요!!"

갑자기 누군가가 나를 급하게 불러서 내리던 셔터를 멈추고 뒤를 돌아보았다. 우리 가게에 자주 오던 도남중학교 선생님이셨다. 그 선생님은 항상 아침 일찍 오셔서 따뜻한 아메리카노 한잔과 쿠키 여러 개를 사 가셨는데 이 시간에 웬일인가 싶었다.

"어쩌죠. 방금 가게가 문을 닫았는데."
"아, 그게 아니고. 사실,, 음 아람이 아세요?"
"아람이를 손님께서 어떻게 아세요? 혹시 아람이 선생님이세요?"
"네, 그런 셈이죠."

아람이에게 무슨 일이 생긴 것만 같아 다시 셔터를 올려 가게 안으로 들어갔다. 식탁 위에 올려 정리해 두었던 의자들을 빠르게 내리고 아메리카노를 내려왔다. 손이 보이지 않을 정도로 빠르게 원두를 갈아 에스프레소를 추출해서 먼저 끓여둔 물에 부었다. 따뜻하게 내린 아메리카노와 함께 자그만 티라미수 케이크도 준비해 의자에 앉았다. 이제는 이야기를 들을 준비가 되었다.

"사장님, 저는 사실 아람이 담임 선생님이 아니에요. 그저 음악을 가르치는 선생님일 뿐이죠. 그런데 저번에 아람이가 이 가게에 울면서 들어온 그날, 전 아람이가 왜 맞았는지 알고 있어요. 아람이가 맞고 있는 걸 목격하고 나서 아람이의 뒤를 무심코 쫓아갔더니 이 가게가 있더라고요. 제가 출근길마다 오는 이 가게가. 그러곤 아람이가 웃으며 나오더라고요. 그래서 이 가게에 뭐가 있겠다 싶었죠."

그날, 아람이를 지켜본 사람이 있었다니. 그리고 아람이의 얼굴에 있는 상처들을 보고 설마 했지만 진짜 맞았었다니, 조금 놀랐었다.

"아람이가 맞았었다고요? 아, 전 그것도 모르고…… 왜 맞은 거죠? 아람이가, 그 예쁘고 착한 아람이가."

"그러게요. 제가 얼핏 듣기로는 아람이가 부탁을 거절했다는 것 같았어요. 수업 시간에도 항상 밝고 씩씩한 아이라 별로 그런 문제와 얽히지 않았을 것 같았는데." 그 말엔 나도 동감이었다. 항상 볼 때마다 울고 있긴 했지만 웃는 모습은 얼마나 예쁘던가.

그런데 그 뒤를 이어 언급하신 말은 정말 상상을 초월하는 부탁이었다.

"저, 그런데 사장님. 오늘 이렇게 찾아온 거는 다름이 아니라, 아람이 문제도 있기는 하지만. 진짜 이유는 저희 학교에서 몇 주 후에 진로 관련 행사가 있어요. 그 행사 때는 사회 초년생들, 청년 사업가들, 청년 창업자들을 모시고서 하는 진로 수업 같은 건데, 혹시 사장님께서 청년 창업자로서 저희 학교에서 진로 강의를 해 주실 수 있나요? 저희 학교 아이들이 이 가게를 무척 좋아합니다. 부탁드릴게요."

나는 이 가게 '달콤한 새벽'을 연 지 얼마 되지 않기도 했고 학생들이 나를, 아니 우리 가게를 그렇게 좋아해 준다는 소리에 너무 놀라웠다. 내가 너무 놀라서 아무 말도 하지 못하고 있자 선생님께서 다시 입을 여셨다.

"강의를 해 주시면 당연히 보수는 지급이 되고요. 사장님께서 청년 창업자로서 꽤 유명하셔서 대구에 사는 제 친구들도 얼마 전에 이곳에 왔다 갔어요."

나도 몰랐던 내 인기를 선생님께서 말씀해 주시니 그저 놀라울 따름이었다. 그냥 말문이 막혀 가만히 있기만 하자 선생님께서 속상한 얼굴로 말씀을 하셨다.

"사장님께서 그렇게 거부하신다면야……."
"아니, 하는데, 할 건데 조금 당황스러워서요."
"우와 진짜요? 그럼 약속하신 거예요."

양소라가 누굴까

갑자기 일이 일사천리로 진행되어 벌써 강의 날이 되었다. 그동안 강의에서 보여 줄 여러 가지 작은 디저트들도 준비했고, 강의 내용이 담긴 대본도 달달 외워서 입만 열면 강의가 자동 재생되는 경지에 이르렀다. 그만큼 많이 긴장했다는 뜻이다.

내가 원래 발표 체질이 아니라 더 바싹 마른 입을 침으로 적시며 도남중학교로 걸어가는 와중에, 아람이를 만났다. 선생님과 마주한 뒤로 아람이를 만난 적이 없어 꽤 오랜만이었다. 아람이가 다니는 도남중학교와 우리 가게는 꽤 떨어져 있어 아람이가 조금 놀란 눈치였다.

"언니가 여기는 웬일이에요?"
"알까 모르겠네. 오늘 너희 학교에서 하는 진로 관련 행사에서 청년 창업자로 강의를 하게 되었어. 너무 영광이지."

"그래요? 전……."

아람이와 얘기를 하며 아람이의 얼굴을 봤는데 마지막으로 봤을 때보다 더 핼쑥해져 있었다. 분명 그동안 많은 일이 있었던 게 분명했다. 그러나 나는 강의 시간이 급해 그냥 넘기고 빠르게 학교로 달려갔다.

학교에 가서 학교 건물을 돌아보며 강의 대기실로 가는 도중에 아람이의 이름이 들려 발걸음을 멈췄다. 저번 그 아이들인 것 같아 살짝 엿보는데 다른 아이들이었다. 많은 아이들이 아람이를 욕한다는 사실에 조금 속상했다.

"…… 유아람 얘기 들었어?"
"무슨 얘기, 걔 또 뭔 일 터뜨렸냐?"
"걔, 양소라한테 소리질렀대. 천하의 그 양소라한테."
"맞아 맞아, 나도 그 얘기 들었어, 양소라가 유아람 노트 필기 뺏으려다가 유아람이 안 줘서 화냈더니 유아람이 소리질렀다며?"
"헐, 유아람 걔 왜 그래, 정신 나갔나 봐."

아람이 뒷담화를 듣다 보니 벌써 모이는 시간이 10분을 훌쩍 지나 있었다. 헐레벌떡 뛰어가 대기실로 들어가니 생각했던 차가운 눈빛들과는 달리 온화한 웃음들이 날 반기었다.

"늦어서 죄송합니다!"

"괜찮아요. 강의 이제 시작했어요."

잊고 싶은 과거도 있는 거야.

"안녕하세요, 여러분. 저는 '달콤한 새벽'이라는 디저트 카페를 운영하고 있는 송새벽이라고 합니다. 반갑습니다."

벌써 강의가 시작되었다. 연습했던 대로 학생들과 하나하나 눈을 마주치며 강의를 시작해 나갔다. 연습한 보람이 있는 것만 같았다. 생각보다 많이 떨지 않았다. 당연히 조금씩 긴장이 되긴 했지만 말이다.

"…… 그래서 저는 그 강의를 보고 나서 일단 좋아하는 일보다는 당장 먹고 살아야겠구나 라는 생각이 들었어요. 그 때문에 제가 좋아하지도 않고 제 적성에 맞지도 않는 대기업을 찾아 헤맸었죠. 일단 겨우겨우 대기업 직원이 되기는 했어요. 그렇지만 움직이는 걸 좋아하고 만드는 걸 좋아하는 제가 가만히 앉아서 키보드만 두드리고 남의 명령을 따르는 일을 계속 했을 것 같아요? 돈은 남들보다 조금 더 벌었지만 조금이었어요. 그래 봤자 월급이 매월 일정한 것밖에 좋은 점이 없었어요. 매일 같이 상사의 재촉에 시달려야 하고 그 와중에도 야근은 매일 해서 쉴 시간이 없고. 하루하루가 너무 힘들었어요."

"그러다 결국 하루는 너무 화가 나서 그 회사를 홧김에 그만두었어요. 나중에 이성이 되돌아 왔을 때 후회했을 것 같죠? 월급도 남들보다 많게 일정하게 주고 편안하게 앉아서 키보드만 두드리면 되고. 아니요. 전혀 그렇지 않았어요. 처음에는 어떻게 살아가야 하는지 고민이 있었는데 생각해 보니까 어렵지 않더라고요. 그냥 하고픈 일을 하며 살면 되는 거였어요. 물론 계속 쉬고 싶으면 백수가 되라는 게 아니에요. 저는 요리는 잘하지만 남의 밑에서 비위 맞추며 요리를 하고 싶은 생각은 없었어요. 한 번에 많은 양을 만들지도 못하고요. 그런 저에게 디저트 카페 사장이라는 직업은 생각보다 잘 어울리더라고요."

"항상 남들이 하라는 대로 살아가는 건 아닌 거 같아요. 당연히 나에게 충고가 되는 말도 있어요. 그렇지만 남이 죽으라고 하면 죽을 거예요? 그건 아니잖아요. 자기가 자기 꿈을 직접 선택하는 거예요. 제가 보았던 그 강의가 도움이 되셨던 분들도 계실 거예요. 저랑 반대의 상황에 처해 계셨겠죠. 사람마다 환경도 다르고 성격, 능력 등이 모든 것들이 다르기 때문에 남의 말만 믿고 어떤 행동을 취하는 것은 옳지 않다고 생각해요. 자기가 직접 선택해서 권리와 의무를 스스로 쟁취하고 책임도 자신이 지는 것, 이게 진짜 어른이에요. 지금 여기 계신 학생들 중에서 이미 마음이 어른인 학생이 있을 수 있고요. 선생님들 중에서도 아직 몸만 어른이신 분들도 있을 수 있어요. 우리 진짜 어른이 되기 위해서 다 같이 노력해 보자고요."

강의가 슬슬 마쳐가는 중에 내 과거 얘기는 끝이 났다. 더 이상 할

애기가 없는데 아직 시간이 조금 남아 질문 시간을 가져 보려 했다.

"질문 있으신 분은 손을 들어 주세요."

생각보다 많은 아이들이 손을 들어서 당황했다. 최대한 자연스럽게 보이려 노력하며 한 친구를 지목했다.

"거기, 예쁜 단발한 친구, 질문해 줄래요?"

"저, 저요?"

예쁘다고 하니 얼굴이 붉어지면서 수줍음을 타는 얼굴이 귀여웠다. 어디서 본 얼굴인가 했더니 신기하게도 아람이가 아마 그전에 이름을 들었다면 절대 그런 생각은 들지 않았을 것이다.

"전 2학년 11반 양소라입니다. 강사님이 아까 중학생 때 거의 왕따 수준으로 외로웠다고 하셨잖아요. 그 왕따라는 거 정확히 모르겠어요. 왕따 당한다고 해서 자기 꿈을 못 이루는 것도 아니잖아요. 강사님도 하고 싶은 거 하셨잖아요. 근데 왜 왕따는 안 좋다고만 하는 걸까요? 강사님도 그 왕따였던 과거가 있어 주는 현재를 뒷받침해 주는 것 아닐까요? 좋지 않으세요?"

그 예쁘장한 얼굴에서 나오는 말들은 끔찍하기 짝이 없었다. 왕따 당하는 것이 얼마나 힘들고 아픈 일인지 정말로 아무것도 모르는지 혹은 과거에 왕따였던 나를 비웃는 건지 순간 정신이 아찔했다. 과거에 선생님도 모르고 부모님도 모르게 서서히 날 왕따시켰던 아이들과 소라가 겹쳐 보였다. 시야가 흐려지면서 온몸에 긴장이 풀렸다. 겨우겨우 정신을 붙잡았다.

"소라 학생, 학생은 왕따 당해 보았어요? 물론 제가 당한 왕따는 맞거나 직접적으로 괴롭힘을 당하는 왕따는 아니었어요. 그래도 간접적으로 왕따를 당하는 것도 얼마나 힘들었는데요. 왕따를 당하는 당사자들은 진지해요. 심각하다고요. 어떤 사람들은 자살을 생각하기도 해요. 전 그 정도로 힘들진 않았고 곁에서 도와주는 사람이 있어 버틸 수 있었지만, 소라 학생이 만약에 어떤 학생을 왕따시켰는데, 그 학생이 너무 힘들어서 자살을 하면 어떨 것 같아요. 끔찍하죠? 말로만 하니까 실감이 안 날 수 있어요. 아마 소라 학생은 아직 왕따를 당해 본 적이 없나 보네요. 왕따, 그 왕따를 언젠가 소라 학생이 당할 수도 있어요. 그렇게 쉽게 말할 문제가 아니에요. 왕따가 제 과거고, 그 과거를 지나서 제 행복한 현재가 만들어졌다고 해도 왕따라는 그 과거가 합리화되지는 않아요. 그 왕따는 그렇게 가볍게 지나갈 수 있는 게 아니라고요. 알겠어요?"

앞에서 조곤조곤하게 말을 하다가 왕따 문제가 나오고 내 생각이기는 하지만 아람이를 왕따시킨 장본인이 소라인 것 같은 상황에서 소라가 그런 말을 하니 화가 나서 거의 고함치듯 대답을 했다.

소라는 당황해서 조용히 자리에 앉았고, 그렇게 어정쩡하게 시간이 다 되어 내 강의는 마무리되었다. 아람이는 강의 동안 가장 앞자리에 앉아 있었는데 아람이의 눈에서 곧장이라도 눈물이 떨어질 것 같은 것을 나는 보았다. 벌써 세 번째 보는 아람이의 젖은 눈인데도 익숙해지지 않았다. 그렇게 발걸음이 떨어지지 않았지만 겨우 강의를 마치고 학교를 나왔다.

누가 시작했을까

그렇게 즐겁게 시작해서 찝찝하게 끝난 강의를 뒤로한 채 나는 다시 일상으로 돌아갔다. 계절도 계절인지라 점점 날씨가 쌀쌀해져서 음료도 따뜻한 것들로 많이 바뀌었다. 이제 슬슬 계절 음료 귤차와 귤피차, 그리고 청귤차를 만들 준비를 해야 할 시기이다. 이 디저트 카페 달콤한 새벽을 오픈한 지 일 년도 되지 않을 만큼 이곳은 낯설어서 귤차와 귤피차에 꼭 필요한 귤과 청귤을 어디서 구해야 하는지도 몰랐고 귤청을 어떻게 만들기 시작해야 하는지조차 몰랐다.

사람이 없어 한산해진 카페에서 귤 농장에 대해 검색을 하던 중 사람이 들어오는 소리가 들려 인사를 하려고 고개를 들어보니 오랜만에 찾아온 아람이었다. 강의 이후로 본 적이 없어 안 그래도 신경이 쓰였는데 잘 만난 것 같다.

"아람아! 오랜만이야"

"언니, 안녕하세요. 엄청 오랜만이에요~"

그때보다 얼굴에 생기가 도는 듯해 다행이었다. 아람이를 의자에
앉혀 두고 음료를 준비했다. 고구마를 찌고 껍질을 벗겼다 데운 우
유와 함께 믹서에 꿀을 넣고 곱게 갈아 주었다. 안정감 있고 그리 무
겁지도 않은 머그컵에 쪼르르 고구마라떼를 따르고 커피과자 여러
개를 쟁반에 얹어 식탁 위에 두었다.

"언니, 뭐 하고 있었어요?"

"아~ 너 청귤차 마셔 봤어?"

"엥 귤차나 귤피차는 마셔 봤는데 청귤차는 한번도 마셔 본 적
이 없어요."

"정말? 만들려고 내일 귤 농장에 갈 건데 너한테 제일 먼저 줄게."

"우와, 감사해요 근데 귤 농장에 간다고요? 귤도 농장에서 길러
요?"

"응. 몰랐어? 혹시 시간 되면 같이 갈래?"

시간이 빠르게 흘러 카페는 한나에게 맡기고 아람이와 아람이 언
니 소정이와 함께 귤 농장으로 가는 버스 안이었다. 소정이는 이제
갓 대학생이 된 새내기 대학생이었는데 아람이의 사정을 전혀 모르
는 듯했다. 아람이가 소정이에게 간곡히 부탁해서 소정이가 같이 따
라온 것 같았는데 소정이는 아람이를 별로 좋아하지 않아 보였다.

아람이가 말만 하면 싫은 내색을 하고 차갑게 구는 것으로 보아 그런 생각이 들었다.

굴 농장에 가서 아람이와 귤을 열심히 따다가 아람이가 귤 따기에 열심히 집중하고 있을 때 슬며시 소정이 근처로 갔다. 아마 소정이는 아람이에게 관심이 없어 보여서 아람이가 지금 어떤 상황에 놓여 있는지 모를 것 같아 말을 꺼내었다.

"소정아, 아람이랑 잘 지내?"
"몰라요. 그쪽이 뭘 상관이에요. 귤만 따고 갈 거예요."
"혹시 아람이가 학교에서 왕따 당하고 있다는 거…… 아니?"
"유아람이요? 쟤가?"

순식간에 소정이의 표정이 싹 바뀌며 귤만 바라보고 있던 고개를 내 쪽으로 돌렸다. 역시 아무리 싫어해도 언니는 언니구나 하는 생각을 했다. 부모님도 모르는 사실을 언니인 소정이가 알 리가 없다는 생각도 잠깐 머리를 스쳐지나갔다.

"사실 아람이는 친한 친구가 없대. 있었는데 전학을 가버려서 지금 너무 외롭대. 그런데 일진 아이들이 자꾸 괴롭힌대. 전혀 몰랐니?"
"몰랐어요…… 아람이가 왕따라니…….'

소정이의 얼굴에 충격을 받은 표정이 떠올랐다. 소정이는 아람이의 과거 얘기를 조금씩 꺼내기 시작했다. 아람이의 과거는 잘 몰랐기에 집중해서 들었더니 꽤 가관이었다.

"아람이는 어릴 때 감정조절장애가 있었어요. 무엇인지 아시죠? 조금만 짜증이 나도 남 탓이라고 생각하면서 자기의 감정을 조절하지 못하는 거요. 아람이가 그거 때문에 많이 힘들어했어요. 여기, 여기 보세요."

소정이는 갑자기 긴 치마를 걷어 올려 자신의 종아리를 보여 주는 것이다. 종아리를 보니 무언가로 긁힌 흉터가 길게 나 있었다.

"이거, 혹시 아람이가?"

"네. 아람이가 여덟 살 때 먹는 걸 엄청 좋아했었어요. 시도 때도 없이 음식을 달라고 했는데 그날 하필이면 여행을 가서 호텔에 있었어요. 10분만 기다리면 룸서비스가 오는데, 그 짧은 시간을 못 참고 가지고 있던 유리컵을 던졌는데 던진 곳이 제 다리였어요. 안 그래도 그 유리컵, 금이 조금 가 있었는데 던져서 제 다리에 부딪힐 때 깨지면서 종아리에 깊고 길게 박혔어요. 그때 바로 병원에 가서 치료해서 제 다리는 이제 이 흉터를 제외하면 괜찮지만, 아람이는 괜찮지 않을 거예요. 그때까지만 해도 아람이에게 감정조절장애가 있는 줄 몰랐어요. 그저 예민한 거라고만 생각했죠. 그렇지만 그날 병원에 가서 아람이가 정신과 치료를 받게 되고 그러다 보니 아람이가 감정조절장애가 있다는 것을 알게 되었죠. 그날부터 저희 엄마 아빠는 아람이를 좋은 병원에 보내려고 쉴 틈 없이 직장에 다니셨어요. 하지만 그동안 아람이는 아마 그 사건이 큰 충격이었을 거예요."

"몇 달 뒤에 검사를 다시 해 보았는데 의사 선생님이 말씀하셨어요. 아람이의 기억에는 그 사건이 없다고. 너무 큰 충격을 받아서 아람이의 뇌 속에서 그냥 지워 버렸다고. 그 후로 아람이는 잠잠했어요. 그래서 지금까지 사람들은 아람이가 그냥 정상적인 아이라고만 생각했던 것이에요. 아마 그쪽도 그렇게만 생각했을 걸요?"

그랬다. 나는 지금까지 소라와 그 친구들이 무조건 잘못했다고 생각했다. 그런데 꼭 그런 것만은 아닌 것 같았다. 아람이의 어떤 행동들이 왕따의 시작이 되지는 않았을까?

친해짐의 연속

그렇게 생각에 잠겨서 귤은 따는 둥 마는 둥 했다. 카페로 돌아와 며칠 동안 정신이 없었다. 잠시라도 가만히 있으면 아람이 생각 밖에 나지 않아 한나에게 지적을 받기 일쑤였고 손님들도 마음에 들어 하지 않는 눈치였다.

생각 정리가 되지 않아 결국 카페를 또다시 한나에게 맡기고 오랜만에 일단 본가로 올라가기로 했다. 몇 달 만에 본가로 올라가니 그리워했던 엄마가 보였다. 엄마랑 방에 앉아 김이 모락모락 올라오는 우엉차를 마시며 도란도란 얘기를 나눴다. 껍질을 벗기고 건조한 우엉을 여러번 볶아서 식힌 후 끓인 물에 우려서 해 주신 엄마표 우엉차는 끝내 줬다.

"엄마, 아빠는?"

"아빠 친구들이랑 약속 있어. 저녁 먼저 먹자."

"알았어. 민지는 요새 잘 지낸대?"

"사람 사는 게 다 똑같지 뭐."

엄마와 이런저런 얘기를 하다 보니 밤이 깊어 갔다. 더 얘기를 나누고 싶어 어릴 적 자주 먹던 곤약 떡볶이를 만들어 왔다. 곤약 떡볶이는 떡볶이 소스에 곤약을 떡 크기로 잘라 떡볶이를 만들어 먹는 것이다. 곤약을 씹으며 다시 얘기를 하기 시작했다.

"…… 그래서 소라라는 애가 조금 의심되기도 하지만 아람이 말을 다 믿지는 못하겠다고?"

"응. 근데 또 도와주겠다고 벌써 말해 버려서 지금 그만둘 수도 없고…….".

"일단 걔 학교 쌤이랑 언니한테 물어보면 되잖아. 뭘 그렇게 고민해."

심각하게 얘기를 하고 있는 중에 엄마 목소리도 아니고 나도 아닌 다른 사람의 목소리가 들려왔다. 오랜만에 듣기는 하지만 익숙한 목소리였다.

"야! 박민지! 완전 오랜만이야."

"오랜만이긴 한데 넌 그렇게 쉬운 것을 왜 고민하고 앉아 있냐. 그냥 걔 쌤이랑 걔 언니한테 물어보고, 소란가 뭔가 하는 애가 네 카페 단골이라며. 친해져 봐. 친해져서 쪼끔씩 캐내 봐. 어릴 때랑 똑같이 아직도 멍청하네. 송새벽."

민지는 내가 힘들 때 옆에서 항상 웃으면서 날 도와준 친구 그 이상의 존재이다. 회사를 그만두고 제주도로 내려가면서 몇 달 동안 보지 못한 민지가 우리 집에 와 주니 행복할 따름이었다. 역시 어릴 때부터 내가 고민하던 것을 바로바로 결론을 내려 주던 민지는 여전했다. 그전에도 지금도 왜 저런 좋은 생각을 매번 하지 못하는지 아님, 민지가 창의성이 뛰어난지는 아무도 모르지만 항상 민지는 내 옆에서 해결사 역할을 해 주었다.

"송새벽! 새벽아~~ 괜찮니? 무슨 생각 하니? 내 얘기는 들었니?"

잠깐 동안 과거 회상을 하느라 멍을 때리고 있었더니 민지와 엄마가 내 주위에서 날 비웃었다. 그렇지만 저 비웃음이 나쁜 비웃음이 아니라는 것을 알기에 그저 즐거웠다. 그리고 방금 민지가 내려 준 그 결론, 아람이의 쌤과 언니에게서 더 많은 얘기를 듣고, 소라와 친해지는 것. 꽤 괜찮은 생각이었다. 그 좋은 생각을 머리에 가득 채운 채, 서울 밤하늘의 야경을 바라보며 다 같이 잠에 들었다.

민지가 내려 준 결론을 서둘러 진행하기 위해서 7시 비행기를 타고 제주도로 내려오자마자 서둘러 아침 식사를 끝냈다. 겨우 하루밖에 지나지 않았는데 괜히 가게가 그리웠다. 공항에서 바로 택시를 잡아 가게로 달려갔다.

까먹고 담가 놓지 않은 귤청과 청귤청, 그리고 귤피청을 순식간에 담갔다. 청들을 담그고 그릇들을 치우는 중에 귤청이 묻은 숟가락을 쪽쪽 빠는데 들어오는 손님과 눈이 마주쳤다. 갑자기 몰려오는 부끄러움에 얼굴 전체가 붉어졌고 그 상태로 인사를 했다. 그 손님도 민망한 표정을 지으며 카운터 쪽으로 왔다.

"저…… 곧 있으면 애인이랑 기념일인데 애인이랑 그날 여기 오려고 하거든요. 혹시 추천해 주실 수 있나요? 밥 먹고 이 가게로 와서 한 잔 마시면서 그…… 청혼을 할 생각인데."

볼 때마다 흔치않은 비주얼에 잘생겼다며 감탄하던 그분이 그런 말을 꺼내니 그분의 애인은 또 얼마나 아름다우실지 기대되었다. 왜, 끼리끼리 사귄다는 말도 있지 않은가. 청혼을 할 때 분위기에 곁들어 줄 만한 디저트라.

"혹시 손님 애인분께서 약간 구식적인 거나 90년대 문화를 싫어하진 않으시나요?"
"싫어하진 않아요. 도리어 좋아하죠. 일부러 데이트 코스도 매일 옛날풍 마을 같은 곳을 가요."

"그럼, 케이크에 반지를 넣는 건 어때요? 이건 너무 그런가……?"

"아! 괜찮은 것 같아요. 감사합니다. 미처 그런 생각을 하지 못했네요."

손님은 환한 얼굴로 케이크를 주문하며 청혼 반지를 믿고 맡긴다며 나가셨다.

또 바쁘게 손님들을 받다가 잠시 가게가 비었을 때 가게 앞을 쓸고 있었다. 바람이 많이 불어 단풍잎들이 가게 쪽으로 많이 날아와서 자주자주 청소를 해 주어야 한다. 자전거 밑에 끼인 단풍잎들을 힘겹게 빼내고 있는 와중에 누가 나를 부르는 소리가 들렸다. 빠르게 일어나서 주위를 둘러보는데 아무도 없었다. 내 시야를 둘러보고 있는데 아래쪽에서 나를 부르는 소리가 들렸다. 그것도 굉장히 귀여운 목소리로.

"아줌마!"

윤이였다. 봄에 담임 선생님을 좋아한다며 수줍게 고백을 하고 거절을 당한 꼬마아이였다. 자세히 보니 저 뒤에 멀리서 귀여운 2학년 학생들이 총총총 뛰어오고 있었다. 물론 그 앞에서 윤이의 담임 선생님도 같이 걸어왔다.

"어, 윤아 오랜만이네. 웬일이야? 한동안 보이지 않더니"

"아~ 그동안 좀 바빴어요! 오늘은 제 친구들이랑 선생님도 같이 왔어요! 잘했죠?"

"잘했어~ 근데 오늘 토요일인데 어떻게?"

"오늘 학교에서 소풍을 갔어요. 저희 반 친구들이랑 선생님이랑 갔다 오는데 이 가게 근처였거든요!"

"음, 그렇구나. 가게로 들어가자."

저 담임 선생님, 윤이의 고백을 받으셨던 선생님이다. 우리 가게의 단골손님이었는데 윤이의 발길이 끊김과 동시에 저분도 안 오셨다. 그동안 바빠서 까먹고 있었는데 저분은 정확히 기억이 났다. 봄꽃 마카롱을 종류별로 사 가셨던 것도.

"사장님? 괜찮으세요?"

"아? 아, 네. 주문하시겠어요?"

"네. 레모네이드 다섯 잔과 카페 라떼 한 잔이요. 봄꽃 마카롱 아직도 파나요?"

"음, 봄꽃 마카롱은 아니고 가을꽃 마카롱이요. 계절이 바뀌어서 꽃 종류도 바뀌었어요."

"그렇구나, 그러면 가을꽃 마카롱 종류가?"

"코스모스랑 국화가 있어요."

"네. 그러면 코스모스 6개도 같이 해 주세요."

"네~ 알겠습니다."

주문이 끝났는데도 카운터 앞에서 서성거리시는 선생님을 보고 조금 의아했지만 그냥 아무렇지 않게 레모네이드를 따르고 있었다.

"사장님. 근데 저 윤이한테서 들었어요. 사장님께서 윤이한테 날 카롭게 말씀해 주셨다면서요?"

순간 깜짝 놀라 컵을 떨어뜨릴 뻔했다. 그걸 어떻게…… 아니 윤이가 말을 했다고? 그거를?

뭐 굳이 숨기려고 한 게 아니긴 하지만 그래도 말 안 할 거라 생각을 하고 있어서 당황했다.

"또, 윤이가, 저한테 고백하기 전에 사장님 도움을 많이 받았다면서요? 그냥 이 가게에서 봄꽃 마카롱을 사온 게 아니라 윤이가 봄꽃 마카롱을 만드는 데 도움을 줬다고 했을 때, 윤이가 원래 명석한 줄은 알고 있었지만 놀랐어요."

"아하하하, 그렇죠. 근데 그 선생님께서 윤이 거절을 해 주시지 못한 것 같아서, 윤이한테 직설적으로 말을 하긴 했는데…… 하면 안 되는 거였나요?"

"아, 아니에요. 그게 아니라 그냥 감사하다고요. 전 윤이가 상처 받을까 봐 확실히 말을 못했는데, 사장님께서 저 대신 확실하게 말씀해주시고 윤이도 잘 받아들인 것 같아서요."

내가 그때 잘못 말한 건가 싶어 마음을 졸이고 있었는데 다행히도 선생님도 감사하다고 해서 안심했다. 혹시나 내가 잘못 말했다면 선생님은 아마 날 원망했을 것이다.

하하 호호 웃으며 대화를 나누다가 알고 보니 동갑인데다 마음이 잘 맞아 전화번호를 교환했다. 친해져서 깔깔 웃고 있는데 카운터 너머로 한 아이의 정수리가 빼꼼 고개를 내밀었다.

"선샌님…… 안 가요?"
앞니가 빠져서 발음이 새는 게 귀여웠다.

잠깐 동생 샛별이의 어릴 적이 떠올라 슬펐다. 샛별이도 아프기 전에 나와 우리 가족이랑 어디 놀러 가면 열심히 잘 놀다가 지쳐서 빨리 집에 가자고 응석부렸었는데. 남들은 귀찮아하는 응석이지만 나는 단 한번만이라도 그 응석을 보고 싶었다. 하지만 내색하지 않고 입꼬리를 올렸다.

심심해진 아이들의 칭얼거림 때문에 다시 가게 안은 한산해지고 아람이나 소라가 언제 올까 똑딱거리는 시곗바늘만 쳐다보고 있었다.
"아람이, 소라, 아람이, 소라, 아람이, 소라 흠……."

꾸벅꾸벅 졸다가 학생들이 떠드는 소리에 퍼뜩 잠이 깼다. 그토록 기다리던 소라가 왔다. 주문을 받아 음료를 갖다 주면서 친해지리라 굳게 마음을 먹었다.

"소라야. 저번에 내가 너희 학교에서 강의한 거, 기억하지?"

"아, 네. 기억나요."

"그 강의 때 소리지른 건 미안해. 내가 왕따 문제에 예민해서⋯⋯."

"아아 괜찮아요. 제가 더 죄송해요. 앞에서 왕따 당하셨다고 했는데 괜히 여쭤봐서."

직접 얘기해 보니 생각보다 그렇게 나빠 보이지 않았다. 나이도 몇 살 차이 나지 않는데 존댓말도 꼬박꼬박 써 주고 미안해하는 표정을 보니 도리어 내가 미안할 지경이었다. 하지만 저 모든 게 연기일 수도 있겠다는 생각에 다시 마음을 먹고 여러 가지 질문을 했다.

만약 소라가 아람이를 괴롭히는 당사자라면, 그 친구들도 그 가해자들 중 한 명이 아닐까 싶었다. 이런 카페나 학교 밖에는 누구나 주로 친한 친구들과 다니니까, 그리고 끼리끼리 다닌다는 말이 있지 않은가. 그래서 나도 모르게 지었던 프로젝트 이름 '소라와 친해지기'를 '소라와 소라 친구들과 친해지기'로 바꾸게 되었다. 이 프로젝트를 꼭 성공하고 싶었다.

밝혀진 비밀과
갑작스러운 이별

그로부터 며칠이 지나고, 오늘도 역시 힘들어서 녹아내리는 몸을 꾸역꾸역 이끌고 카페로 출근했다. 그렇지만 이제 어려운 일들을 끝냈고 앞으로 내가 어떻게 행동해야 할지를 정확히 알고 있기에 기분만은 하늘을 나는 것 같았다. 저번에 윤이의 담임 쌤이랑도 친해져서 즐겁고 신나게 진상 손님이 와도 친절히 웃으며 대응해 드렸다. 오늘은 컨디션이 최상이었다.

중고등학생들이 마칠 시간이 다 되어 가서, 나는 내심 오늘은 아람이가 오기를 바라고 있었지만 꿩 대신 닭이랄까 소라가 왔다. 웬일로 혼자 왔기에 오늘이 기회인가 하며 아람이와 관련된 것을 물어 보기로 했다.

"소라야. 혹시 너 유아람…… 이라고 알아?"

"아, 네. 알긴 알죠……."

"혹시 아람이랑 무슨 사이인지 물어봐도 돼? 착각일 수도 있는데 너랑 아람이랑 이름이 얽힌 걸 들은 것 같아서……. 아람이, 내가 많이 아끼는 동생이거든."

안다고 대답하는 소라의 눈빛에 망설임이 어렸지만 소라는 말을 시작했다.

"사실 아람이랑 저는 어릴 적부터 함께 지내온 단짝 친구였어요. 부모님들끼리 친구여서 태어날 때부터 거의 매일 본 친구였는데, 아람이가 조금 예민하다는 건 눈치채고 있었어요. 그렇지만 아람이가 감정조절장애가 있잖아요. 전 중학생이 될 때까지는 잘 몰랐어요. 부모님들은 말을 잘 안 해 주잖아요. 그런데 어느 날, 저녁에 엄마가 아람이네 엄마랑 전화하시는 걸 우연히 들어 버렸어요. 감정조절장애…… 그때 알게 되어 아람이에게 조금 거부감이 들었어요. 하지만 그래도 친구니까 최대한 잘 지내려고 노력했어요."

"이런 제 노력도 모르고 아람이는 점점 정도가 심해지고 있어요. 아람이네 부모님은 집에 잘 안 계셔서 모르시겠지만 학교에서 아람이가 애들 몰래 제 공책이나 책, 제 물건들을 마구 가져 가기도 해요. 그래 봤자 저랑 친구들에게 바로 들키지만요. 아, 다른 아이들은 저와 제 다른 친구들을 무서워해요. 제가 아람이를 가끔씩 참을 수 없어질 때, 그럴 때를 아이들은 기가 막히게 찾아내더라고요. 제가 그때마다 무서워 보이나 봐요. 뭐 본론으로 넘어가서 어쨌든 아람이, 상태가 더 심해지고 있어요."

"얼마 전에도, 제 공책을 가져 가서 안 돌려 주기에 공책을 어쩔 수 없이 뺏으려고 했는데 걔가 안 주는 거예요. 물론 저도 노력은 해 봤죠. 제가 노력 안 해 봤겠어요? 그런데 절대 안 주더라고요. 그래서 결국 화를 내버렸어요. 그랬더니, 아람이가 결국 발작 비슷한 거를 일으킨 거 같아요. 소리를 막 지르더라고요. 소리 지르면서, 자기 얼굴을 막 잡고 우는데, 하필 아람이 손톱이 길어서 상처가⋯⋯그리고 그 후에도 자기도 모르게 자기 머리를 막 쥐어뜯고 때리는 시늉을 하더라고요."

아람이가 소리를 질렀다는 말을 끝으로 소라는 어깨를 들썩거리며 울었다. 잊고 있던 아람이 얼굴의 상처의 원인이 아람이다니, 아마, 소라는 친구가 저렇게 되었다는 것에 많이 속상하겠지. 아마 나 같아도 울었을 것이다. 소라를 의심해서 너무 미안했고 아람이와 더 많은 대화를 해 보겠다고 마음을 먹었는데, 갑자기 의문이 생겼다.

"선생님한테는 말안 했어? 선생님께 말씀드리면 선생님들이 조치를 취해 주실 텐데."
"그게, 부모님들이 저한테도 말씀을 안 해 주신 걸로 보아 말하면 안 될 것 같아서요. 또, 제가 함부로 말하고 다니면 아람이가 어떻겠어요. 아람이 기분이…… 아람이도 자기가 아마 감정조절장애를 가지고 있다는 것은 알 거예요. 체감은 잘하지 못한다 하더라도…… 기분이 좋진 않겠죠."

자기가 아람이를 괴롭힌다는 소문이 떠돌고 있음에도 불구하고 친구의 아픈 비밀을 끝까지 지켜주는 소라가 기특했다. 선생님들은 아무도 모르신다니, 그렇다면 저번에 찾아오신 아람이의 음악 선생님도 내막은 모르고 보이는 것만으로 판단을 한 것 같다.

나는 소라가 울음을 그치고 가게를 떠나자마자 저번에 혹시나 싶어 교환했던 소정이의 번호를 눌렀다. 소정이가 꼭 전화를 바로 받았으면 하는 마음에서 빨리 가게를 정리하고 문에 close 팻말을 달았다.

다행히도 소정이는 바로 전화를 받았고 내가 급한 마음에 소정이네 집 쪽으로 달려갔다. 소정이네 집에 들어가자마자 나는 아람이가 있는지 없는지부터 확인했다. 대충 확인을 하고 빠르게 말을 꺼냈다.

"소정아, 아람이 상태가 악화되고 있대. 너 소라 알지? 소라랑 내가 친한데 말해 주더라."

"에, 아. 네…… 네?"

"아마 집에서는 아람이가 말을 잘 안 해서 몰랐을 수도 있어. 그렇지?"

"네. 그쪽, 아니 사장님. 사장님이 왜 저희 도와주시는 거예요?"

"동생 같아. 몇 년 전에 죽은 내 동생 같아서 그래. 아람이."

"아…… 어쨌든 감사합니다. 안 그래도 조만간 연락드리려고 했는데, 더 빠르게 가게 될 수도 있겠네요. 아람이가 악화됐다고 하니……."

가다니……? 아람이가 어디 가나? 갑자기 들도 보도 못한 소식에 조금 당황했다. 아람이도 소라도 이런 말은 안 했었는데.

"어제, 부모님한테서 연락이 왔었어요. 서울에서 아람이 치료비 벌려고 상경하신 부모님들이 드디어 넉넉하게 돈을 다 모으셨대요. 그래서 이주일 뒤에 저희 미국으로 가게 되었어요. 가서 몇 년 동안 치료 받고 저도 그쪽에서 아마 살지 싶어요."

청천벽력 같은 소식이었다. 아무도 말해 주지 않은 갑작스러운 미국행 소식에 당황했지만, 그래도 어떻게 보면 잘된 일이니 축하해 주었다.

"잘됐네 아람이 치료 잘 받고 오고 너도 미국에서 사는 거 어떤지 말해 주……."

덜컥 하며 현관문이 열리는 소리가 들리더니 아람이가 들어왔다. 아마 학원을 다녀왔지 싶었다. 아람이에게 소정이에게 다 들었다고 말하며 물어보았다. 물론 아람이가 감정조절장애가 있다는 사실을 빼고 말이다.

"아람아, 미국 유학 간다며? 재밌겠다. 너희 언니랑 친해져서 놀러왔는데 이런 좋은 소식까지 듣고! 이야, 아람이가서 완전 푹 눌러 사는 거 아니야? 나 잊으면 안 된다~"

내가 알고 있음에 당황한 아람이는 잠시 머뭇거렸지만, 표정을 풀고 대답해 주었다.
"감사해요, 언니. 잘 다녀올게요. 보고 싶을 거예요. 연락할게요."

여자친구의 정체

그렇게 어영부영 아람이를 보내고, 2, 3일 정도 지났다. 저번에 남자 손님께서 주문하신 청혼 케이크를 딱 만들고 깜짝 청혼 파티 준비를 끝냈다. 가게 유리창으로 한 커플이 걸어오는 게 보였다. 남자는 당연히 우리 가게의 단골손님이었다. 조용히 모르는 척 가게 일을 하고 있었다.

"어서 오세요~"
"자기야, 우리 케이크 먹자. 우리 500일인데, 멀리 못 가서 미안해. 초라도 불어야지."
"그러자. 여보랑 같이 있는 건 어디 있던 항상 좋은데 뭐."

그렇게 손님은 케이크를 주문하고 나는 준비해 놓은 케이크를 조심히 들고 갔다 드렸다.

내가 청혼을 하거나 받는 것도 아닌데 두근거리는 마음으로 남자분과 케이크에 집중하느라 제대로 보지 못한 여자분을 쳐다보았다.

아니, 저분은? 윤이의 담임 선생님이 아닌가. 선생님을 쳐다보고 있는데 선생님도 나랑 눈이 마주쳐서 멋쩍은 듯 웃었다. 선생님과 손님이 도란도란 케이크를 먹다가 선생님이 드디어 반지를 발견하셨나 보다. 놀란 눈빛으로 남자분을 바라보셨다.

"자기야, 혹시 나랑 결혼…… 해 줄래?"
"이건 너무 옛날 스타일…… 이지만 좋아. 너 아님 나 안 돼."

우리 가게에서 부부가 탄생했다는 것은 정말 멋진 일이다. 나도 언젠가 저렇게 로맨틱한 사랑을 할 수 있지 않을까, 하는 생각을 하며 작은 폭죽을 쏘아 올렸다.

오늘 자, 나의 SNS에는…….

우리 가게 단골손님들의 부부 결성, 이제는 부부가 탄생하는 공
간이 된 달콤한 새벽, 달콤한 디저트를 맛보시면서 행복도 함께
맛보고 싶으시다면 달콤한 새벽으로 오세요.

가을이 끝나 가는 날 오후, 그렇게 가을의 모든 복잡한 일이 마무리 되었다.

겨울

이예지

눈과 꿈

오늘은 아침부터 눈이 보슬보슬 갓 지은 밥알처럼 내려왔다. 포근한 눈이 내리는 모습에 아침부터 마음이 따뜻해졌다. 나는 아침에 일어나 나의 몸은 피곤했지만 눈이 보슬보슬 내리는 모습에 그 피로가 좀 가시는 느낌이었다. 재료를 챙기며 나갈 채비를 했다. 가게로 걸어가는 길에 아이들이 하하호호 웃으며 노는 모습이 보였다. 그 아이들의 모습과 눈이 소복이 쌓인 지붕과 나무들의 모습에 오늘은 날씨는 쌀쌀했지만 마음만큼은 따뜻한 날이었다.

이런저런 생각을 하면서 걸으니 금방 가게에 도착했다.

언제나 곁에서 응원해 주는 나의 가게가 나를 반갑게 맞아 주었다. 나는 지난번 미리 준비해둔 재료들을 꺼내어 디저트를 만들었다.

디저트들이 하나하나 완성될 때마다 너무 뿌듯하고 즐거웠다. 왜 내가 이 일을 더 일찍 시작하지 않았는지 후회되었다. 이렇게 즐거운 일을 모르고 회사에서 힘들어했던 내가 한심하기만 했다.

케이크를 오븐에 넣고 커피를 내려 여유롭게 모닝 커피를 마시고 싶었지만 할 일이 산더미였다. 매일 아침 재료를 준비하고 만들기, 이게 하루 중 가장 힘든 일이다. 이렇게 아침부터 분주하게 움직이다 보니 아픈 곳이 한두 군데가 아니지만 그래도 손님들이 맛있게 드시는 걸 보면 그 피로가 사르르 녹는다. 그렇게 내가 만든 음식을 드시고 행복해하는 손님들의 모습을 상상하며 보니 어느새 아침 할 일이 다 끝났다. 그렇게 청소도 하고 가게 정돈을 하고 나서 가게 앞에 걸려 있는 팻말을 'open'으로 바꿨다.

가게를 열고 한 이십여 분이 지났을까…… 우리 가게 단골손님 과일 가게 김 씨 아주머니가 오늘도 어김없이 오셨다. 내 반찬거리도 챙겨 주시고 가끔 과일이 남으면 과일도 주시곤 하는 정말 고마운 아주머니다.

"오늘도 평소랑 같은 걸로 드릴까요?"
내가 말했다.
"네, 우리 송사장님."
김 씨 아주머니가 말씀하셨다.

김 씨 아주머니께서는 날 항상 송사장님이라고 부르신다. 처음엔 조금 부담스럽고 어색했지만, 이제는 익숙해지기도 했고, 정말 사장님으로 인정받는 것 같아 갈수록 정감이 가는 호칭이다. 김 씨 아주머니께서는 우리 가게의 치즈케이크를 정말 좋아하신다. 그 치즈케이크는 맨 처음 내가 추천해 드린 것인데 맛있으셨는지 이젠 일주일에 두세 번씩 찾으신다. 오늘은 치즈케이크에다 마카롱 두 개도 덤으로 드렸다.

"늘 고마워요. 다음에 또 봐요 송사장님."

김 씨 아주머니가 말씀하셨다.

"네 살펴 가세요."

내가 말했다.

오늘 뭔가 아침부터 기분이 좋다. 눈이 소복이 쌓인 우리 동네가 참 예쁘다. 아이들은 꽝꽝 언 논밭에서 썰매를 타고 놀고 눈이 소복이 쌓인 밭에선 눈싸움을 하며 논다. 눈으로 굴을 만드는 아이도 있다. 집집마다 문 앞에 눈사람이 생겼다. 나도 우리 가게 앞에 눈사람이나 만들까…… 란 생각이 들었다. 그러다 손님이 왔다. 그렇게 여러 손님을 받다 보니 저녁때가 다 되었다.

그리고 기지개를 켜며 정리를 시작하려 할 때 딸랑 소리와 함께 손님이 조심스럽게 들어오셨다. 처음 뵙는 분이었다. 어색했다. 마을 사람들 중 우리 가게에 오시는 분들은 거의 성함과 얼굴을 다 알고 있는데 이분은 초면이라 좀 당황했다. 하지만 당황하지 않은 척했다.

아니, 그러려고 노력했었다. 어떻게 보였는지는 모르겠다. 나는 이제 프로라고 속으로 계속 되뇌었다. 그리고 나는 차분하게 있었고 정적이 오랫동안 계속되었다. 그분도 상당히 긴장하신 듯했다.

"어서 오세요."

나의 한 마디에 정적은 와장창 깨졌다. 뭔가 내가 깨트려서는 안 되는 정적을 깨트린 기분이었다. 그리고 그 어색한 정적이 또다시 지속되었다. 그분은 아무 말 없이 가게를 둘러보셨다. 그러고는 말없이 빤히 쳐다보더니 마카롱을 가리켰다.

"3개 주세요."

그리고 떨리는 목소리로 어색한 정적을 깨트렸다.

나는 말없이 포장해 드렸다. 그분 얼굴의 창백함에서 슬픔이 느껴졌다. 그리고 고개를 숙여 인사를 하며 나갔다.
나도 조심스레 인사했다.

그렇게 난 그 마지막 손님을 보내고 하루를 마무리했다. 가게 청소를 하고 남은 디저트를 챙겨 집으로 돌아왔다. 집집마다 아이들을 부르는 목소리가 들렸다. 그러자 아이들은 쫄래쫄래 집으로 하나 둘 돌아가기 시작했다. 아이들이 놀던 논과 밭이 텅 비었다. 나는 집으로 들어와 씻고 오늘 하루도 수고한 나에게 맥주 한 캔의 행복을 주며 오늘 하루를 회상했다. 그리곤 잠이 들었다.

그러고는 그날 밤 나는 꿈을 꾸었다. 그 창백한 마지막 손님과 우두커니 앉아 차를 마시는 꿈이었다. 그 꿈에서는 아무 대화도 오가지 않았고 냉랭한 적막만이 있을 뿐이었다. 그 냉랭한 적막은 점점 나를 죄여왔다. 그리고 갑자기 그 손님께서 울음을 터뜨리셨다. 모든 것을 다 토해내는 듯이…… 나는 그분의 울음을 말없이 받아들였고 가만히 앉아 있었다.

걱정되는 소문

다시 새 태양이 떠올랐다. 오늘은 일요일이라 가게가 문을 닫는다. 'close'라고 걸려 있는 내 가게가 공허해 보이기도 했지만 오늘은 동네 회의가 있는 날이다. 그래서 나는 설레는 마음으로 발걸음을 재촉하여 권 씨 아저씨 댁으로 향했다.

권 씨 아저씨 댁에는 마을 사람들이 가득했다. 아이들 빼고는 다 모인 듯 했다. 권 씨 아저씨 댁에는 많은 얼굴들이 있었다. 내가 매우 잘 아는 얼굴부터 아직은 좀 어색한 얼굴 그리고 얼굴은 알지만 이름은 모르는 얼굴 뭔가 어디선가 본 듯한 얼굴까지…… 그리고 그 어수선한 분위기 속에서 동네 아주머니들이 한데 모여 수군대고 있었다. 이 모임은 온 동네 소식통을 접할 수 있는 모임이다. 그들이 무슨 이야기를 하는지 나는 내심 궁금했기에 그들 옆에 살포시 앉아 귀를 기울였다.

"그 박 씨 아저씨네 일 알지들?"

"고럼. 근데 그게 사실이여?"

"그렇다니께 그 집 딸내미 불쌍해서 어떡하누."

"아니 이 이야기를 나만 모르는겨?"

"아니 무슨 일인댜?"

"글쎄…… 그 박 씨 아저씨네 딸 있잖어…… 그 딸내미 남편 될 사람이 사고로 죽었다 카드라."

"아이고 그 집 어뜩하노."

"근데 무슨 사고로 죽었댜?"

"그건 나두 몰러."

나는 화들짝 놀라 멍하니 있었다. 회의가 시작한다는 외침과 함께 그 대화는 조용해졌다. 나는 회의에 전혀 집중하지 못했다. 충격적인 이야기에 고민하고 또 고민했다. 그 순간 갑자기 어제 창백했던 얼굴의 손님이 뇌리를 스쳤다.

'설마 그분이 집 따님이신가? 에이 아니겠지. 근데 그분이 굉장히 슬퍼 보이시긴 했어. 에이 그래도 설마…….'

그리고 갑자기 어젯밤 꿈이 기억났다. 정적과 그분의 울음. 너무 생생했다. 하지만 나는 그냥 꿈이라 넘겨 버렸다. 회의가 끝났다. 회의 내용이 하나도 기억이 나지 않는다. 이야기에 너무 깊이 고민했나 보다. 나는 이야기를 라온이에게 했다.

"진짜? 그런 일이 있었다고? 난 진짜 감쪽같이 몰랐네. 그분 진짜 힘드시겠다."

"그니깐…… 그런데 진짜 그분이 그 손님일까? 그 손님 엄청 슬퍼 보이긴 하던데……."

"내 생각엔 왠지 맞을 것 같은데 우리 동네에 사람도 몇 없는데 그렇게 슬픈 사람이 또 있겠어?"

"그건 그렇지……."

"아, 모르겠다. 너 다음번에 알게 되는 있으면 연락해."

나는 그렇게 라온이와 헤어지고 난 후 집에 돌아왔다.

'에이 내 일도 아닌데 웬 오지랖이야. 송새벽 진짜 너두 참.'

난 그 이야기를 한동안 잊고 살았다. 그 후로도 똑같이 평화로운 날들은 계속해서 반복되었다.

그리고 어느 날 난 그분을 뵈었다. 차를 타고 가는 모습이었다. 자세히 보지는 못했지만 그분이 확실했다. 그리곤 그날 나는 그분의 생각이 머릿속에서 떠나가지 않았다. 그분이 만약 진짜 그 박 씨 아저씨네 따님이라면 지금 얼마나 슬플까? 아마 내가 어림잡긴 힘들겠지. 이렇게 그분의 상실감과 슬픔에 대해 생각하다 보니 내 동생이 떠올랐다. 라온과 이야기한 뒤 좀 괜찮아지긴 했지만 가끔 생각이 난다.

"울고 싶을 때는
펑펑 울어요."

오늘도 난 새로운 하루를 시작한다. 오늘은 비와 눈이 섞인 진눈 깨비가 내리고 있다. 날씨 때문인지 뭔가 온몸이 축 늘어지고 힘이 없다. 나는 우산을 가지고 집을 나섰다. 진눈깨비가 내려서일까 온 마을이 조용하고 어두침침하다. 오늘은 아침부터 기분이 별로다. 다리에 쇳덩이를 매단 듯 발걸음을 힘들게 옮기며 가게로 나섰다.

가게로 가는 길이 어둡고 침침하고 멀기만 하다. 기분이 좋을 땐이 길이 성으로 가는 화려하고 아름다운 길인 듯 느껴지지만 지금은 아니다. 그래서 이 길이 너무 침침하고 어둡게만 느껴진다. 긴 어둠을 뚫고 가게에 도착했다. 그래도 따뜻한 가게가 내 피로와 침침함을 달래 준다. 역시 내 가게밖에 없다. 그럼 오늘도 내 할 일을 시작해 볼까?

나는 다시 호흡을 가다듬고 다시 일을 시작했다. 숙성시켜 놓았던 반죽을 꺼내어 쿠키를 굽고 케이크도 굽고 마카롱도 만들다 보니 가게에 온기와 맛있는 냄새로 가득 찼다. 그러니 내 피로가 말끔히 사르르 녹아 없어졌다.

오늘 내 하루도 이렇게 시작되었다. 지난주부턴가 할 일이 부쩍 늘었다. 오늘은 무언가를 좀 많이 만들어야겠다. 많이 만들 생각을 하니 벌써부터 피곤한 느낌이 들지만 그래도 손님들을 생각하면 힘이 난다. 우리 가게가 꾸준히 사랑받기 위해서는 내가 잘해야겠지 이런 생각을 하며 다시 힘을 내본다. 디저트를 다 만들고 가게 청소를 한 뒤 가게의 팻말을 'close'에서 'open'으로 바꾸었다. 내 가게의 하루가 시작되었다.

오늘도 많은 손님들이 왔다 가서 정신이 없었지만 오후 5시쯤이 되니 손님들이 꽤 줄었다. 그러고 나서야 한숨을 돌린 나는 물 한 잔을 마셨다. 요즘은 해가 빨리 지기 시작해서 손님들이 더욱 일찍 집에 가는 듯하다. 여튼 오늘은 땀을 흘리는지도 모르고 일을 열심히 했다.

저녁 시간이 되었다. 이제 손님들이 거의 다 빠지면서 가게에는 어느 순간 아무도 남지 않게 되었다. 마카롱 두 개와 케이크 한 조각밖에 남지 않았다. 나도 이제는 정리를 해야겠다는 생각에 하품이 나왔다.

그때 딸랑 소리와 함께 그 창백한 손님이 들어오셨다. 데자뷴처럼 그전과 똑같은 상황이었다. 소름끼치면서 냉랭한 정적. 나는 그 꿈이 떠오르면서 저분의 슬픔이 나에게 전해지는 듯한 느낌을 받았다. 이분은 왜 이렇게 슬퍼 보일까? 정말로 이분이 박 씨 아저씨의 딸일까? 머릿속에 온갖 호기심이 가득해졌다. 하지만 나는 아무 말도 못하고 고개를 살짝 숙여 인사를 한 뒤 가만히 있을 뿐이었다. 그분도 지난번과 같이 매우 긴장하신 듯했다. 그분도 아무 말 없이 나를 잠깐 쳐다보더니 나와 눈이 마주치자 황급히 디저트 쪽으로 눈을 돌렸다.

또다시 정적이 흘렀다. 그런데 그분이 케이크를 보시더니 눈물을 흘리는 것이다. 나는 매우 당황했다. 무엇 때문일까. 왜 우는 것일까. 설마 케이크 조각마다 꽂아둔 팻말 때문에? 요즘 케이크 조각마다 위로와 희망을 주는 메시지를 적은 팻말을 꽂아 두었다.

그 창백한 손님이 보신 케이크에는 '슬퍼해도 돼요, 울고 싶을 때는 펑펑 울어요.'라 적혀 있었다. 정말 이 손님이 박 씨 아저씨의 딸이든 아니든 최근 정말 슬픈 일이 있는 것만은 확실했다. 나는 그분을 의자에 앉혔다. 그러고는 이분에게는 시간이 필요하다 판단해 곁에서 가만히 앉아 그분이 진정하시기를 기다렸다. 한 이십 분이 지났을까. 그분이 진정하셨는지 우는 것을 멈추었다. 나는 그분에게 따뜻한 차를 가져다 드렸다. 그러고는 말을 건넸다.

"저…… 괜찮으세요?"
"아…… 네, 차 감사합니다."

그분의 목소리에도 슬픔이 가득 차 있는 것 같이 떨렸다. 다시 그분이 말을 하셨다.

"저 때문에 많이 당황하셨죠. 죄송해요."

"아니에요. 괜찮으세요?"

"네…… 저 그럼 이만 가볼게요."

그러고는 그분은 자리에서 일어나 잠깐 휘청이더니 걸어 나갔다. 딸랑 소리와 함께 그분이 가셨다. 그분이 간 뒤 가게를 정리했다. 씻고 잠자리에 누우니 그분 생각이 났다. 그분이 누구일지, 왜 그렇게 슬퍼하시는지, 고민하다 보니 어느 순간 잠들어 버렸다.

사랑받은 날들

어느새 주말이 되었다. 이번 주는 정말 바람처럼 지나간 듯하다. 이번 주말에는 뭔가 생산적인 일을 하고 싶어 청소를 하기로 했다. 요즘 날씨가 추워 집에서 가만히 있었고 움직이려고 하지를 않아서 운동도 할 겸 말이다. 집에서 거의 창고로 쓰는 장롱을 열자마자 먼지가 날렸다. 안에는 먼지가 소복이 쌓인 상자들이 있었다. 안을 열어 보니 내가 읽지 않는 책들이 있었다.

그다음 상자를 열어 보니 작고 예쁜 나의 어릴 적 보물들을 모아둔 보물 상자와 일기장이 있었다. 보물 상자를 열어보니 누렇게 변해버린 스티커, 학생증, 코팅해 둔 낙엽, 친구와 찍은 폴라로이드 사진 등이 있었다. 내 보물들을 보니 어릴 적 친구들과 학창시절의 추억이 생각나 나도 모르게 피식 웃음이 났다. 그러고는 내 일기장을 열어 보았다. 난 대학시절부터 일기를 썼다. 그러고는 대기업 사무직에 붙고 쓰지 않았던 것 같다. 나는 일기장을 펼쳐 보았다. 일기장에는 정말 내 사소한 감정들부터 날씨까지 그날의 모든 것들이 적혀 있었다. 일기장을 읽다 보니 내가 자원봉사 갔었던 것이 떠올랐다. 내가 대학교 2학년 때의 일이다.

나는 2학년 겨울방학에 자원봉사로 1주일간 러시아 우수리스크의 작은 학교에 갔다. 이 학교는 갈 곳 없는 집시 아이들을 교육시키기 위해 교장 선생님과 교감 선생님이 힘을 합쳐 세운 학교라고 했다. 그곳은 우리나라보다 훨씬 추웠다. 나는 아직까지 그 추위가 잊히지 않는다. 우리 자원봉사 팀은 블라디보스토크 공항에 도착하여 차로 약 2시간을 달려 그 학교에 도착했다. 그 학교에 도착하자 아이들이 반갑게 맞아 주었다.

아이들의 나이는 아장아장 걷는 3살부터 14살까지 정말 다양했다. 그리고 우리의 임무는 바로 아이들과 열심히 놀아 주는 것! 아이들과 말은 통하지 않았지만 마음으로 소통하며 서로에 대해 알아보았다. 아이들이 웃으면 나도 웃었고 아이들이 배고프면 나도 배고팠다. 아이들의 순수함에 나도 동심의 세계로 돌아가는 느낌이었다.

이 학교의 학생은 50여 명이었고 교장 선생님 한 분과 교감 선생님 한 분이 운영하고 계셨다. 교장 선생님은 고려인이셨고 교감 선생님은 슬라브족이셨다. 첫날 교장 선생님과의 식사 시간이 있었다.

그때 교장 선생님께서 우리에게 한 말씀 해 주셨다. 그 말씀 중에서 가장 기억에 남는 문장은 바로 '여러분의 청춘을 낭비하지 마세요. 하고 싶은 것을 하고 끊임없이 도전하세요. 도전하는 당신의 모습이야말로 정말 아름답습니다.'는 말이었다. 그것은 아직까지 기억난다. 그 말씀이 지금 생각해 보니 내가 디저트 가게를 시작하는데 가장 큰 영향을 주었다. 난 그 교장 선생님의 말씀에 정말 감명을 받았었다. 그리고 나는 일주일 동안 그 학교에 있었다.

둘째 날에는 아이들과 미술 수업을 했다. 학교 건물 한쪽 벽에다 그림을 그리는 것이었다. 아이들과 열심히 그리다 보니 정말 멋진 작품이 완성되었다. 아이들이 즐거워하는 모습에 어른들이 말하는 보기만 해도 배부르다는 것이 무엇인지 알 것만 같은 기분이었다. 아이들의 그 해맑았던 모습이 8년이 지난 지금도 눈을 감으면 생생하게 떠오른다.

그때 그 아이들은 어떻게 되었을까. 지금은 어떻게 지낼까. 잘 지내고 있을까……? 그날의 우리의 작품이 계속해서 그 학교에 남아 있단 사실만으로도 뿌듯하다. 날 보고 웃어 주던 아이들 그땐 정말 행복했다. 그 아이들에게 내 디저트를 선물해 주고 싶다. 그 아이들이 내 디저트를 먹고 행복해하는 모습을 보고 싶다.

그리고 러시아 우수리스크에서의 세 번째 날 우리는 학교 뒤의 산에 올라가 자연을 느끼는 시간을 가졌다. 우수리스크라는 지역은

러시아에서는 꽤 시골인 편이라 정말 공기가 좋았다. 아이들과 산에서 나무와 벌레들 그리고 동물들을 보면서 놀았다. 그리고 산 정상에 올라서 다 같이 소리를 질러 보기도 했다.

그 뻥 뚫리는 감정 아직까지 정말 생생하게 기억이 난다. 우리나라의 서울과는 비교도 되지 않는 맑은 공기와 푸른 하늘 다시 한번 더 푸른 하늘과 마주하고 싶다. 그리고 푸른 하늘만큼이나 청량하고 활기찼던 아이들의 그 미소와 웃음. 꼭 다시 보고 싶다. 그런 기회가 올까……?

넷째 날 우리는 다 같이 점심을 만들어 먹었다. 학교 뒤뜰에는 아이들이 직접 재배하고 있는 당근, 오이, 토마토가 있었는데 그것을 우리에게 자랑하는 아이들의 모습이 너무나도 귀여웠던 기억이 난다. 우리는 그 채소로 요리를 했다. 요리를 하면서 즐거워하는 모습에 얼마나 뿌듯했던지…… 그래서 내가 맛있게 드시는 손님들을 그렇게나 좋아하는 것일까? 아이들은 자신이 만든 음식이라 그런지 더 맛있게 먹었었다.

아이들을 행복하게 해 줬다는 생각에 그땐 정말 기뻤었지. 그날은 아이들이 든든하게 먹은지라 더 활기차고 체력이 좋았다. 지금 생각하면 그땐 어떻게 아이들과 놀아 줬는지 모르겠다. 그 아이들은 지치지도 않는지 해가 저물어 갈 때가 되면 더 활기찼다. 하지만 그땐 정말 힘든 줄도 모르고 열심히 했었다.

우수리스크에서의 다섯 번째 날이 밝았다. 오늘은 아이들과 음악 수업을 했다. 우리가 노래를 틀자 아이들은 흥이 폭발했는지 춤을 추기 시작했다. 그땐 나도 정말 신이나 아이들과 춤을 췄다. 그리고 우리가 아이들에게 노래를 가르쳐 주었다. 난 노래를 정말 못했지만 아이들은 얼마나 잘하던지 내가 오히려 아이들에게 수업을 받는 느낌이었다. 아이들과 언어는 통하지 않았지만 아이들은 내가 부르면 곧잘 따라 불렀다. 이게 정말 음악으로 하나 되는 것일까.

일기를 읽으니 정말 진심으로 이 아이들이 보고 싶어졌다. 아이들의 밝은 에너지에 나도 물들어 가던 그때로 돌아가고 싶다. 노래를 한 뒤에는 아이들에게 리코더를 가르쳐 주었다. 아이들도 다룰 수 있는 악기가 생겨 좋아했다. 가려는 날이 다 되어 가자 아이들을 떠나야 한다는 생각에 난 이날 밤 눈물을 훔쳤다. 우리는 그리고 리코더를 아이들에게 선물로 나누어 주었다.

이제는 여섯째 날 아이들과 함께 보내는 마지막 날이다. 우리는 내일 아침 비행기를 타고 떠나야 하기에 그날엔 우린 그냥 학교와 뒤뜰에서 숨바꼭질도 하고 술래잡기도 하고 진짜 뛰어다니며 놀았다. 이날이 체력적으로는 가장 힘들었지만 어쩌면 아이들이 가장 행복해했던 것 같아 가장 보람찼던 날이다. 아이들에게 우리나라의 놀이들을 소개해 주었는데 생각보다 반응이 굉장히 좋아서 기분이 매우 좋았다. 아이들과 사방치기도 하고 꼬리잡기도 하고 공기도 하고 줄넘기도 했다.

아이들은 진짜 좋아했다. 그리고 우리를 좋아했다. 내가 이런 사랑을 받아도 되는지 그런 생각이 들 정도로 우리를 좋아했다. 저녁에는 다 같이 송별회를 가졌다. 이게 정말로 아이들과의 마지막 시간이란 것에 눈물이 찔끔 났다. 아이들도 울었다. 커다란 눈망울에서 눈물이 뚝뚝 떨어지는 모습에 마음이 너무 아팠다. 우리는 아이들을 하나하나 안아줬다. 아이들과의 눈물의 송별회를 가진 후 우리는 숙소에서 잠을 청했다. 아이들 생각에 잠이 오지 않았다. 그리고 이제 떠나 한다는 것이 실감이 나지 않았다. 그날은 쉽사리 잠에 들지 못하고 거의 밤을 꼴딱 샜다.

그리고 이제 떠나는 날의 아침, 공항으로 버스를 타고 가니 이제 정말 떠나야 한다는 생각에 매우 우울했다. 그리고 아이들에게 더 잘해 주지 못한 것 같아 미안했다. 그리고 아이들이 눈물을 흘리던 모습이 머릿속을 떠나가지를 않았다. 나의 러시아 자원봉사는 이렇게 끝이 났다. 처음에는 친구따라 신청했지만 정말 내 인생의 소중한 배움을 얻은 정말 진귀한 경험이었다. 이 아이들과의 추억은 내 삶에서의 정말 큰 부분을 차지하게 되었고 내가 성장하게 되는 계기가 되었다. 이 아이들은 영원히 내 가슴 속에서 살아 있을 것이다.

일기를 읽으니 아이들 생각이 나 나도 모르게 눈에 눈물이 고였다. 나는 그렇게 한참동안 일기를 읽어보다 잠에 들었다.

알 수 없는 슬픔

주말이 시나브로 지나가 버리고 다시 나의 월요일이 돌아왔다. 이번 월요일은 평소보다 일찍 일어나서 아침 체조도 했다. 아침을 새롭게 시작하는 나의 모습이 어색하면서도 마음에 들었다. 오늘도 손님들을 위해 열심히 디저트를 준비했다. 체조를 한 탓에 몸이 더 가벼운 느낌이었다.

평소와 같았다. 조금 일찍 일어난 것 빼곤 말이다. 오늘도 많은 손님들이 다녀가서 바빴기에 아르바이트생을 뽑을까 고민을 했지만 그전의 경험이 떠올라 고개를 저었다. 오늘도 저녁 즈음이었다. 내가 정리를 해야겠다고 고민을 할 때 그 슬픈 손님이 들어오셨다. 나는 결심했다, 이번에는 이 정적을 절대 용납하지 않겠다고.

그분이 들어오자 나는 고개를 숙이며

"안녕하세요."

하며 인사를 건네었다. 그분도 살짝 고개를 숙이며 인사를 하였다. 역시 떨리는 목소리였다. 난 어떤 말을 해야 할지 고민하다 결국이 말을 꺼내었다.

"저 괜찮으세요?, 지난번에도 많이 슬퍼 보이시던데……."
"아…… 네……."

그러고는 다시 침묵이 흘렀다. 난 너무 궁금한 게 많았지만 실례가 될 듯해 참았다. 하지만 결국 궁금함을 참지 못하고 말을 꺼냈다.

"저 성함이 어떻게 되세요?"
"네……? 전 박소희입니다."
갑자기 머릿속에 불빛이 번쩍하는 느낌이 들었다. 그러면 이분이그 박 씨 아저씨네 딸이 맞구나. 그래서 이분이 이렇게 슬픈 모습인거였어. 내가 생각을 하는 사이에 그분은 마카롱 세 개를 달라고 하셨고 나는 아무 말 없이 포장해 드렸다. 그분이 가고 난 뒤 나는 이이야기를 라온에게 전했다.

"맞네. 역시 그분이 맞았어."

라온이 말했다.

"어…… 근데 계속 그분의 울던 모습이 생각나. 그분도 나처럼 자신탓을 했을까 봐. 그분에게 무엇인가 말씀을 해 드리고 싶은데 동정하는 것처럼 느끼실까 봐 말도 못하겠네."

"야 그냥 말해 봐. 그분도 네가 진심으로 말하면 그분도 너의 진심을 느낄걸?"

"그런가. 알았어 나 혼자 생각해 볼게. 나중에 연락하자."

"어, 그래. 다음에 보자."

라온과의 통화를 끝낸 후 난 계속 생각에 잠겨 있었다. 계속해서 그분이 떠올랐다. 너무 걱정되었다. 나도 예전의 내가 생각나서…… 긴 시간의 고민 후 난 결국 그분에게 위로를 건네기로 결심했다. 하지만 나는 그분을 언제 볼 수 있을지도 몰랐기에 막막하기만 했다. 생각을 하던 나는 잠에 들었다.

그리고 그 다음날 나는 어김없이 가게 일을 하고 있었다. 아침이라 손님들이 한 분도 안 계시는 한산한 시간대였다. 나는 그때 잠깐의 휴식을 청했다. 그때 어김없이 딸랑 소리와 함께 소희 씨가 들어왔다. 나는 그때 그분에게 서비스라도 위로를 건네야겠다는 생각을 했다. 소희 씨가 고민할 동안 나는 몰래 케이크를 하나 포장해 놓았다. 그리고 소희 씨는 호박 파이 한 조각을 달라고 했다. 그리고 나는 케이크와 파이를 같이 드렸다.

"이건 서비스예요. 맛있게 드세요."

그런데 갑자기 소희 씨가 울음을 터뜨렸다. 내가 뭘 잘못한 걸까? 뭐지? 굉장히 걱정되었다. 요즘 안 그래도 힘든 일이 많을 터인데 내가 그 아픈 손가락을 건드린 것은 아닌지 말이다. 그리고 나는 지난번에 그러했던 것처럼 소희 씨를 의자에 앉혔다. 이번에도 한 이십분이 지났을까 소희 씨가 진정한 듯했다. 그러고는 소희 씨를 나도 모르게 꼭 안아 주었다. 그러자 소희 씨가 말을 하셨다.

"고마워요."

나는 아무 말 없이 소희 씨의 손을 꼭 잡아 드렸다. 소희 씨의 눈에서 눈물이 또 흘렀다. 난 그분에게 휴지를 건넸다. 그분은 눈물을 닦으셨다. 난 그냥 이 한마디를 했다.

"무슨 일인지는 잘 모르겠지만 너무 슬퍼하지 마세요."
"아…… 감사합니다."
"케이크 먹고 힘내요."
"네…… 감사합니다. 아까는 고마웠어요."

그리고 그분은 가게를 떠났다.

가고 난 후에도 이번에도 역시 그 슬픔이 떠나가질 않았다. 어떻게 흘러가는지 모르게 하루가 흘러갔다. 그리고 가게에서의 바쁜 날들이 지나가고 다시 주말이 되었다.

주말의 여유와 행복

주말이 다시 돌아왔다. 이번 주말에는 무엇을 할지 곰곰이 생각해 보았다. 그래서 그냥 요리를 하기로 했다. 새로운 것을 만들어 보고 괜찮으면 가게에 내놓을 생각이다. 무엇을 주된 재료로 할까 고심하다 이것을 선택했다. 바로 딸기! 나는 딸기로 '산타클로스'라는 이름의 디저트를 만들었다. 이제 크리스마스 시즌도 다가오기에 정말 내가 생각해도 이름을 잘 지었다. 크리스마스 생각을 하다 보니 가게 안 인테리어를 바꿔야겠다. 아 참 만드는 방법은 이렇다.

1. 크루아상을 가로로 반으로 자른다.
2. 반으로 가른 크루아상 사이에 생크림을 넣는다.
3. 딸기를 세로로 잘라 예쁘게 넣는다.
4. 그 위에 초콜렛 시럽을 예쁘게 뿌린다.

5. 맛있게 먹는다.

정말 간단하다. 물론 크루아상 만드는 방법은 생략했지만 말이다. 내가 만들었지만 정말 맛있었다. 생크림과 딸기의 조화는 정말 환상 적이다. 이렇게 신메뉴 개발도 하다 보니 어느새 오후 네 시가 되었 다. 나는 무엇을 할까 고민하던 중 집전화가 울렸다. 받아보니 GBS 방송사다. 한 프로그램에서 우리 가게를 소개하고 싶다는 것이다. 나 는 흔쾌히 승낙했다. 제작진은 다음주 목요일에 가게로 온다고 했다. 그날은 정말 바쁜 날이 될 것 같다.

나는 토요일 날 혼자 저녁을 먹고 지난 한 주 수고한 나에게 긴 잠 이라는 포상을 주기로 했다. 그렇게 일요일날 아침이 밝았다.

나는 오늘은 영화를 보러 가기로 결정했다. 혼자 영화 보러 가는 것은 처음이라 살짝 긴장되었다. 나는 무엇을 볼지 고민하다 '토이 스토리 4'를 보기로 했다. 내가 어릴 때부터 나온 시리즈기도 하고 내가 정말 좋아하는 애니메이션이기에 선택했다.

보다 보니 영화에 빠져들었다. 중간에 눈물을 흘리기도 웃기도 했 다. 영화는 정말 잘 만들었고 완벽한 엔딩이란 생각이 들었다. 옛날 보다 CG 기술도 많이 발전했다는 생각이 들었다. 이런 생각을 하는 내가 괜히 옛날 사람처럼 느껴져 피식 웃음이 나왔다. 영화를 다 보 고 돌아오는 길에 맥주를 사서 바다에 들렀다. 바다 앞에 앉아 멋진 풍경을 보니 정말 기분이 좋았다. 바닷바람이 정말 추워 사람이 별로 없었다. 나는 그렇게 한참 풍경을 바라보다 집에 돌아왔다.

집에 오니 이게 진정한 주말이란 생각이 들었다. 다음에는 서울에 있는 친구들을 제주도로 초대해야겠다. 갑자기 친구들이 보고 싶다. 오랜만에 친구들 생각이 나 전화를 걸었다. 친구들은 반갑게 전화를 받아 주었다. 친구들과 수다를 떨다 보니 금방 한 시간이 지나 버렸다. 그리고 나는 다음에 다시 연락할게 라고 하고 전화를 끊었다. 오늘따라 나 혼자 있는 내 집이 더 텅 비게 느껴진다. 나는 그렇게 외로움을 잠깐 달랜 후 저녁을 준비했다. 오늘 저녁은 김치볶음밥으로 정했다. 김치볶음밥은 언제나 날 위로해 준다. 김치볶음밥을 해 먹으니 조금이나마 집에 온기가 차는 느낌이 들었다. 그렇게 저녁을 먹고 여러 생각도 하다 보니 시간이 금방 지나갔다. 요즘은 부쩍 생각이 많아진 듯하다. 그리고 나는 이부자리를 펴고 잠에 들었다. 너무나도 꿈만 같던 나의 주말은 그렇게 지나갔다.

겨울

　제주도의 겨울은 참으로 아름답다. 성산읍에 위치한 신풍목장은 올레 3코스에 있는 해안가 바다 목장이다. 신풍목장은 여름보다 겨울 여행지로 더 유명하다. 왜냐하면 오직 이 시기에만 볼 수 있는 특별한 장면 때문이다. 바로 신풍목장의 귤껍질 말리는 풍경으로 약 5만 평의 넓은 들판이 온통 귤빛으로 물든 장면이 장관이다. 귤빛 들판은 보기에도 예쁘지만 들판으로부터 풍겨오는 진한 감귤 향을 맡으면 내가 자연의 일부임을 다시 한번 느낀다.

　바다와 귤빛이 어우러진 한 폭의 그림 같은 풍경이 이곳 제주에서 겨울 풍경 중 잊을 수 없는 명장면이다. 이곳 제주도의 겨울색은 주황 빛깔 같다.

제주의 마을은 어느 곳이나 정겹고 소박하다. 겨울을 맞은 위미리 동백마을은 너무나 예쁘다. 돌담 사이로 스며드는 볕과 돌담 사이로 핀 빨간 동백꽃은 겨울 제주의 아름다운 풍경이다.

주황과 빨강 그리고 하얀 눈.
이렇게 아름다운 자연과 함께 맞이한 새로운 한 주는 나에게 설렘과 기대로 시작된다.

이곳 제주도에서 보내는 나의 삶은 단조롭기도 하고 신선하기도 하다. 봄, 여름, 가을을 지나 겨울을 맞으며 나의 인생에서 이곳에서의 삶이 얼마나 많은 것들을 주고 있는지.

어릴 적 나는 삶의 변화를 두려워했다. 내가 6학년이 되었을 때 부모님은 이사를 계획하셨다. 나를 조금 더 좋은 환경에 보내고 싶어 하셨던 것 같다. 새로운 학교 생활의 두려움으로 밤잠을 설쳤던 기억이 난다. 새로운 친구를 사귀어야 하는 부담감으로 나는 말이 없어졌다. 쉬는 시간에는 어울려 수다를 떨기보다 그 시간을 때우기 위해 책을 읽었고 그렇게 시작한 소설책 읽기가 이제는 나의 취미생활로 이어졌으니 좋은 영향력인 것도 같다.

난 그렇게 자연히 책 읽기를 즐겨하게 되었고 이제는 시를 읽는 것이 나의 삶에 즐거움이다. 며칠 전 읽었던 시가 아직도 나의 귀에 맴돈다.

아름다운 사람을 만나고 싶다

정안면

아름다운 사람을 만나고 싶다

항상 마음이 푸른 사람을 만나고 싶다

항상 푸른 잎새로 살아가는 사람을
오늘은 만나고 싶다

언제 보아도 언제 바람으로 스쳐 만나도
마음이 따뜻한 사람

밤하늘의 별 같은 사람을 만나고 싶다

세상의 모든 유혹과 폭력 앞에서도 흔들리지 않고
언제나 제 갈 길을 묵묵히 걸어가는
의연한 사람을 만나고 싶다

언제나 마음을 하늘로 열고 사는
아름다운 사람을 만나고 싶다

오늘 거친 삶의 벌판에서
언제나 청순한 마음으로 사는
사슴같은 사람을 만나고 싶다

모든 삶의 굴레 속에서도 비굴하지 않고
언제나 화해와 평화스런 얼굴로 살아가는
그런 세상의 사람을 만나고 싶다

아름다운 사람을 만나고 싶다

오늘 아름다운 사람을 만나서
마음이 아름다운 사람의 마음에 들어가서
나도 그런
아름다운 마음으로 살고 싶다

아침햇살에 투명한 이슬로 반짝이는 사람
바라보면 바라볼수록 온화한 미소로
마음이 편안한 사람을 만나고 싶다

결코 화려하지도 투박하지도 않으며서
소박한 삶의 모습으로
오늘 제 삶의 갈 길을 묵묵히 가는
그런 사람의 아름다운 마음 하나 곱게 간직하고 싶다

내가 이 시처럼 아름다운 사람이 되어 아름다운 향기를 품기를 원한다. 일기장에 이 시를 적으며 다시금 다짐해 본다. 지난번에 어린시절 일기를 읽고 난 후 다시 일기를 쓰기 시작했다. 일기를 쓰면 하루를 돌아보고 내일을 기대할 수 있다는 것이 얼마나 행복한지 알 수 있다.

제주도에 와서부터는 마음이 많이 평온해졌고 너무나 정신없이 보냈던 서울서 왜 그렇게 정신없이 살았을까 되돌아보곤 한다. 때론 너무나도 단조로워 지루하다고 느낄 수도 있는 제주도에서의 삶이지만 단조로움에 많은 생각들을 할 수도 있고 자연의 아름다움을 이곳에서 많이 느낀다.

몇 주 전에 한 라온이와 겨울철 한라산 등반의 경험은 잊을 수가 없다. 겨울 한파가 온 제주를 휩쓸었다. 겨울을 마녀로 비유하는 유럽식 동화처럼 그 위력을 얕잡아본 모든 이들에게 충분한 바람과 눈보라의 힘을 과시했다. 눈 덮힌 한라산이 보고 싶었다. 라온이와 전화로 약속을 잡고 무작정 그곳으로 향했다. 겨울왕국으로 변해 버린 그곳이 보고 싶었다.

어리목으로 오르는 눈 터널은 겨울 왕국으로 빠져드는 길목 같았다. 도로는 말끔하지만 나뭇가지에 얹힌 눈은 강렬한 명암을 선사하며 여기서부터는 진짜 겨울왕국의 땅이야 라고 나에게 말하는 것 같았다. 오르는 내내 나뭇가지에 걸터앉은 수많은 눈송이와 그들이 만들어낸 순백색의 세상에 감탄했다.

어느덧 어승생의 정상에 와 있었다. 뒤편에 장엄하게 펼쳐진 한라산의 능선이 눈으로 가득 차고 그 위에 피어난 상고대가 산호처럼 퍼져있는 모습을 보며 이곳이 남태평양의 어느 바다 속이 아닐까 하는 상상을 하며 한라산을 올랐다. 라온이와 이런저런 이야기를 나누며 이런 멋진 풍경을 볼 수 있는 것에 너무 행복했다. 라온이가 눈 쌓인 나뭇가지를 세차게 흔드는 바람에 가지에 쌓인 눈이 내 머리 위로 쏟아져 내렸다. 겨울 왕국의 환영 세리머니를 받는 기분이 들었다. 엘사의 마음이 되어 겨울 정원에 들어온 것 같았다. 시리도록 차가운 바람을 맞으며 정신이 맑아지는 느낌이 들었다. 그렇게 라온이와 걷고 또 걸었다. 산에 오르는 것은 힘든 시간을 겹겹이 견뎌 내는 일처럼 점점 발걸음은 무겁게 하지만 마음은 정반대로 점점 가벼워지기만 했다.

숲 사이를 걸을 때는 나무들이 바람막이가 되어 주어 바람을 많이 느낄 수가 없었지만 진달래 꽃밭부터 백록담까지 올라갈 때는 바람이 나를 휘청거리게 할 정도로 매섭게 불었다. 정상에서 내려오는 사람들의 얼굴에는 하얗게 서리가 맺혀 있어서 영화 '히말라야' 포스터의 황정민이 내려오는 줄 알고 속으로 피식 하며 정상으로 향했다.

나에게 백록담은 애증의 단어이다. 제주도에 와서 한라산을 3번 올랐는데 백록담을 본 적이 없기 때문이다. 정상은 제대로 서 있기 힘들 정도로 바람이 세차게 불었다. 사진을 찍기 위해 장갑을 벗었는데 손가락이 순식간에 감각이 없어지는 현상을 느꼈다. 그래도 눈 덮인 한라산을 보게 해준 의미에서 꼭 사진으로 찍고 가리라는 마음으로 딱딱하게 굳어가는 손가락을 입으로 녹이면서 셔터를 눌렀다. 역시나 백록담은 구름으로 덮여 있었기에 당연하다고 생각하며 아쉬움을 달래던 찰라 라온이가 갑자가 소리를 질렀다.

"백록담이다."

구름이 점점 바람에 밀려나더니 온전한 한라산 정상의 백록담이 눈에 들어왔다.

한동안 그 모습을 아름다운 모습을 감상하며 나는 연신 셔터를 눌렀고 주변에서는 사람들의 탄성 소리가 여기저기 들려왔다. 근데 지금 생각해 보면 그때 그 아름다움을 온전히 감상하지 못하고 셔터만 눌렀는지 후회되기도 한다.

탄성을 질렀던 주변 사람들이 추위를 뚫고 이 높은 산에 올라온 목적은 나와 같았기에 그들의 목소리는 내 목소리같이 느껴졌다. 그렇게 추위를 뒤로하고 산 정상에 서서 저 멀리 바다 쪽으로 향해 몸을 돌리고 아래를 행해 시선을 옮겼다. 구름이 마을과 바다를 가렸지만 틈틈이 보이는 능선과 풍경들이 너무 아름다웠다. 얼마의 시간이 흘렀는지도 모를 정도로 정상에서의 시간이 많은 위로가 되었다. 복잡했던 일들이 엉켜 있었는데 시리도록 차가운 바람이 머릿속을 스쳐 지나가면서 수많은 혼란을 함께 가져 간 듯 내 머리를 시원하게 비워 주었다. 앞으로의 삶에서 눈 덮인 한라산을 등반한 경험은 나의 삶에 많은 힘이 되어 줄 것 같았다.

새로움

새로운 한 주가 시작되었다. 오늘은 여느 때보다도 바람이 많이 분다. 오늘은 저번에 다녀온 눈 덮인 한라산을 생각하면 한라산을 형상화한 빵을 만들어 봐야겠다. 밀가루 반죽은 어제 만들어 두었다. 반죽에 노른자 버터 설탕을 많이 넣었다. 슈가 파우더를 묻히기 전에 생크림도 넣었다. 겨울과도 너무나 잘 어울리는 빵 팡도르. 크리스마스 시즌에 너무도 잘 어울리는 빵이다. 금으로 만든 빵이란 뜻으로 황금빛 속살을 표현한 이름이다.

이탈리아에서는 크리스마스 시즌 때 팡도르랑 파나토네를 즐겨 먹는다고 했다. 파나토네는 큰 빵이란 의미인데 가난할 때 1년에 한 번 빵에도 재료를 풍부하게 넣고 만든 것에서 유래되었다. 팡도르는 로미오와 줄리엣의 고향 이탈리아 베로나 지역의 왕가의 디저트라고 한다. 72시간 저온발효하여 촉촉한 빵은 밀가루지만 소화가 잘된다. 나는 한라산의 아름다운 모습을 생각하며 팡도르를 열심히 만들었다.

오늘은 일반 팡도르, 생크림 팡도르, 딸기 팡도르를 만들었다. 나의 빵들이 손님들을 기다릴 준비가 되었다는 듯이 가지런히 앉아 있는 모습을 보니 즐겁다. 순간 나의 머리에 스쳐 지나간 얼굴 소희 씨. 오늘 소희 씨가 우리 가게를 꼭 방문해서 팡도르를 먹었으면 하는 생각이 들었다. 잘 알지 못하는 소희 씨지만 예전부터 알고 지낸 동생 같은 느낌이 든다.

오늘 나의 가게에 와야 할 텐데.

빵

나에게 빵은 위로이고 인내이며 나눔이고 사랑이다.

빵으로 나는 위로를 받고 나의 삶에 인내를 배우며 다른 이들에게 사랑과 나눔을 줄 수 있는 나만의 매개체. 어쩜 내가 빵을 만드는 것은 너무나 당연하고 숙명인 것 같다는 생각이 든다.

오늘은 평소보다 눈이 더 빨리 떠졌다. 밖은 아직 깜깜했지만 다시 잠들고 싶지 않은 기분이었다. 몸을 일으키고 시계를 보니 5시 45분. 기지개를 켜고 나와서 정수기 앞에서 찬물을 들이켰다. 추운 겨울 새벽에 찬물을 들이켜니 소름이 돋았다. 그래서인지 정신은 맑아졌다. 식탁에 앉아 오늘 할 일을 생각하며 정리하고 나니 왠지 기도가 하고 싶어졌다.

매일매일의 삶이 감사가 넘치는 삶이 되게 해 주시고 내가 만드는 빵을 먹는 모든 사람들이 행복하기를 기도했다.

따뜻한 물에 샤워를 하고 거울을 보는데 김이 서려 얼굴이 보이지 않았다. 손으로 거울을 닦자 나의 얼굴이 보인다. 새삼 내 얼굴에 생기가 넘치는 것을 느꼈다. 하루하루 내가 하고 싶은 일들을 하면서 살아가기 때문일까?

젖은 머리를 닦으면서 커피를 내린다. 오늘따라 커피향이 더욱 그윽하다. 아침으로 커피와 토스트를 간단히 먹고 일찍 가게로 나섰다. 평소보다 더 일찍 나서서 그런지 공기가 더 차갑게 느껴졌다. 가게 문을 열고 들어가서 불을 켜니 나의 소중한 공간이 눈앞에 펼쳐진다. 얼굴에 미소가 번졌다. 청소를 하고 빵을 구울 준비를 한 뒤에 잠시 앉아 창밖을 바라보았다. 출근을 하는 사람들이 종종걸음으로 지나가고 있었다. 나도 이전에는 이 시간에 회사를 향해 분주히 출근했었는데…… 라는 생각이 들면서 더욱 이 시간, 이 공간이 감사했다.

평소보다 일찍 출근한 덕에 모든 준비는 여유로웠다. 모든 준비가 끝났는데도 아직 가게 오픈 시간이 1시간이 남았다.

아침에도 마셨지만 또 커피가 먹고 싶어졌다. 커피를 내리는데 딸랑 가게 문이 열리는 소리가 들렸다. 돌아서서 아직 오픈 전이라고 말하려는데 눈앞에 소희 씨가 서 있었다.

"아직 오픈 안 한 건가요?"

소희 씨가 바닥에 붙은 듯한 목소리로 물었다.

"어서 오세요~ 달콤한 새벽입니다. 소희 씨 무엇을 도와 드릴까
요?"

나도 모르게 반가운 표정과 어색한 하이톤으로 인사를 건넸다.
그리고 이어서 말했다.

"평소처럼 마카롱?"

내가 미소 지으며 말하자 소희 씨도 어색한 미소를 지으며 고개
를 끄덕였다.

"잠시 앉으세요."

소희 씨는 의자에 앉아 창밖을 쳐다보았다. 마카롱을 준비하며
말을 건넸다.

"사실 저 지금 커피 한잔 하려던 참인데 시간 괜찮으시면 같이 마
셔 줄래요? 물론 커피는 서비스예요~"

소희 씨는 또 그냥 가벼운 미소를 지으며 고개를 끄덕였다.

커피향이 가게에 퍼지는데 우리 사이에는 여전히 어색함이 감돌았다.

소희 씨가 박 씨 아저씨네 딸이라는 사실을 알고 나니 어떻게든 위로를 해 주고 싶고 도움을 주고 싶은데 도대체 어떻게 말을 해야 할지 생각이 나지 않았다. 그렇게 고민하다 나도 모르게 이렇게 말을 해 버렸다.

"저 사실 소희 씨 이야기를 들었어요. 많이 힘들죠? 사실 저도 몇 년 전에 동생을 먼저 하늘나라로 보냈어요. 그때는 실감이 나지 않았어요. 매일매일 눈물로 보내시는 부모님…… 다음날 그 다음날도 동생이 보이지 않는 집……. 그때서야 실감이 나면서 큰소리로 엉엉 울었던 기억이 나요."

소희 씨는 울음을 터뜨렸다. 난 옆으로 자리를 옮겨 소희 씨의 손을 꼭 잡았다.

"미안해요. 전 그냥 뭔가 도움이 되고 싶어서……."

소희 씨는 고개를 도리도리 흔들며 말했다.

"아니에요, 아니에요. 사장님 때문에 우는 건 아니에요."

그리고 흐느끼며 말을 잇지 못했다. 몇 분이나 흘렀을까? 소희 씨가 말했다.

"사실 사장님께서 만든 마카롱을 먹으면서 늘 위로를 받았어요. 사람이 간사한지, 저만 그런 건지는 모르겠는데 사장님이 만든 맛있는 마카롱을 먹을 때는 슬픈 생각이 머릿속에서 사라졌어요. 그래서 자꾸 오게 되더라고요."

"마카롱이 아니었으면…… 안 그래도 여기 오지 않고 동안 그 사람한테 갔어요. 차가운 땅속에 묻힌 그 사람에게 매일 가서 이야기를 나누었어요. 물론 나 혼자 계속 떠들고 울고 했지만. 그런데 그 사람의 음성이 들렸어요. 미안하다고. 평생을 함께 하자는 약속을 못 지켜 미안하다고…… 그러면서 이제 새롭게 행복하게 네 인생을 살라고……."

소희 씨는 울먹이면서 이야기를 이어갔다. 얼굴은 눈물범벅이었지만 다시 웃으면서 말했다.

"그래서 이제 울지 않으려고요. 이제 새롭게 시작하려구요. 그래서 오늘 마지막으로 마카롱 먹으러 왔어요."

난 소희 씨를 꼬옥 안아 주었다.

"잘했어요. 잘했어요."

커피는 조금씩 식어가고 있었지만 향은 가게에 가득했고 또 따뜻했다.

소희 씨는 일어서서 그동안 감사했다는 인사를 했다. 다시는 오지 않을 것처럼 들렸다.

"소희 씨 여기 마카롱, 그리고 이건 팡도르란 빵이에요. 이 빵을 새롭게 만들면서 꼭 소희 씨한테 주고 싶다는 생각을 했어요."

소희 씨는 또 고개를 숙이며 고맙다고 했다.

가게 문을 나서는 소희 씨한테 난 소리쳤다.

"소희 씨~ 여기는 마카롱 말고도 맛있는 게 많아요. 이제 마카롱은 안 먹더라도 다른 거 먹으러 언제든지 오세요."

소희 씨는 또 몸을 돌려 미소를 짓고 고개를 숙이면서 인사를 했다. 왠지 평안해 보였다.

시계를 보니 오픈 시간이 다 되었다. 새롭게 빵을 진열하고 또 오븐에 새롭게 넣고 또다시 분주히 움직인다. 나의 빵으로 또 힘을 얻을 손님들을 위해……

달콤한 인생

12월은 참으로 바쁘게 흘러가는 것 같다. 어느덧 한 해를 마무리하고 새로운 한 해를 맞이한다는 설렘과 아쉬움들이 교차하는 시점. 올해도 얼마 남지 않았다. 오늘은 12월 28일. 이곳 디저트 가게를 오픈하고 한 해가 참으로 빨리 흘러 갔다. 많은 이들을 이곳에서 만나고 나의 디저트들을 드시면서 행복해하는 모습을 보며 나 또한 너무 감사한 한 해를 보냈다.

그때 전화벨이 울렸다.

"달콤한 새벽입니다."

수화기에 대고 말했다.

"안녕하세요? 저 소희예요."

전화기 속에서 들려오는 목소리는 소희 씨였다. 조용하고 차분하지만 생기가 있는 목소리였다.

"안녕하세요, 잘 지냈어요? 이렇게 전화를 주시다니 너무 반가운데요."

나는 너무나 반가워 목소리가 떨렸다.

"다름이 아니라 마카롱 100개랑 마들렌 100개 정도 주문할 수 있나 해서요?"
"그렇게 많이요?"
"제가 봉사하는 곳이 있는데 그곳 아이들과 어르신들께 선물하고 싶어서요.
"그럼요, 당연히 되죠. 언제까지 준비해 놓으면 될까요?"
"12월 31일에 제가 찾으러 갈게요."

소희 씨 목소리는 많이 밝아 보였다.

"그동안 애월읍 근처에 있는 사랑의 집이라는 곳에 일주일에 2번 정도 봉사를 다녔어요. 그곳에서 부모님에게 버림받아 사랑을 필요로 하는 친구들을 만났고 많이 안아도 주고 공부도 조금씩 봐 주었어요."

"소희 씨 참으로 좋은 일들을 하시는군요."

나의 얼굴에 미소가 번졌다.

"조금씩 그들에게 사랑을 나누어 주고 돌아온 날은 그 아이들이 행복했던 모습들이 떠올라 제가 미소를 짓고 있다는 것을 알게 되었어요."

"소희 씨는 정말 아름다운 사람이군요."

"감사합니다. 좋은 말씀을 해 주셔서요."

"12월 31일 사랑의 집에 방문할 때 저도 같이 가고 싶네요."

"정말요 저야 너무 감사하죠. 그럼, 그때 뵐게요."

"최고로 맛있고 달콤한 마카롱과 소희 씨 마음처럼 따뜻한 마들렌을 준비해 놓을게요. 그때 봐요."

나는 전화를 끊으며 소희 씨 얼굴을 떠올리며 행복했다.

이제부터 며칠 동안은 정신없이 마카롱과 마들렌을 만들어야 한다. 조금 더 일찍 출근해야 하지만 이런 일이라면 얼마든지 일찍 출근 할 수 있다.

어느덧 12월 31일이 되었다. 나는 며칠 동안 마카롱과 마들렌 준비로 바쁘게 보냈다. 한 해를 마무리한다는 것은 늘 아쉬움이 남는다. 나의 앞에 놓인 달력을 들춰 봤다. 빼곡하게 적힌 메모들을 살펴보니 나의 일 년의 사건들이 순식간에 지나갔다. 그 메모들을 보며 나는 올해 참 바쁘게 살았구나 라는 생각이 들었다.

12월 31일은 한 해라는 기억의 저장소를 열어 사건들을 펼쳐 보는 파노라마와 같은 날이다. 마지막 날의 파노라마는 드라마틱하다. 365일 갖가지 사건들이 투사되는 영사기가 하루에 쉴 새 없이 나의 머릿속을 돌아간다. 마지막 마침표를 잘 찍기 위해 오늘 소희 씨랑 사랑의 집에 방문한다니 정말로 하루종일 설렐 것 같다.

일찍 출근 준비를 하고 평소에는 즐겨 입지는 않지만 작년 이맘때 사두었던 하얀색 원피스를 입었다. 거울 속의 내 모습에 괜히 입꼬리가 올라갔다. 연한 하늘색 코트를 입고 앵글 부츠를 신고 출근을 하는 내 모습에 새삼 설렘이 느껴졌다.

오전과 오후 많은 손님들이 오셔서 케이크와 빵들을 사 갔다. 가족들과 지인들과 즐거운 시간을 보낸다며 즐거워하셨다. 내가 만든 케이크에 촛불을 켜고 두 손 모아 소원을 바라며 함께 케이크를 먹는 상상을 하니 얼마나 즐거운지 모르겠다.

어느덧 소희 씨와 약속한 시간이 다 되어갔다. 가게 문을 일찍 닫기 위해 여러 정리할 것들을 마무리했다. 그 순간 가게 문을 열고 들어오는 소희 씨. 너무나 밝은 얼굴로 인사했다.

"안녕하세요? 주문이 너무 많아서 많이 힘드셨죠?"
"아니요. 정말 즐겁게 만들었어요"

"어머 이렇게 예쁘게 포장을 해 놓으셨어요? 너무나 예뻐서 먹을 수가 없을 것 같아요."

소희 씨는 미소를 띠며 내가 만들고 포장해 놓은 마카롱과 마들 렌 을 보았다. 나는 정성스럽게 포장되어진 디저트를 보면서 소희 씨 얼굴을 보면서 너무나 행복함을 느꼈다.

"소희 씨 잠시만 앉아 계세요."

나는 냉장고에 가서 핑크색 케이크 상자를 꺼냈다.

"소희 씨 선물이에요. 소희 씨를 생각하며 케이크를 만들었어요."
"어머나 이렇게 예쁜 케이크는 처음 봐요. 너무 감사합니다. 저를 위해 너무 많은 사랑을 주셔서 제가 몸 둘 바를 모르겠어요."
"소희를 보는데 제 동생 생각이 났어요. 그 아이도 소희 씨처럼 맑은 눈을 가졌거든요"
"아 어떡해…… 눈물이 나려고 하네요. 너무 감사합니다."
"카드는 집에 가서 조용히 읽어 보세요"

나는 싱긋 웃으며 카드를 전했다.

"너무 감사합니다."
소희 씨 눈에 눈물이 곧 떨어질 것만 같았다.

"우리 이제 출발해야죠."

나는 가게 문을 닫고 우리는 사랑의 집으로 향했다. 양손 가득 사랑과 정성이 듬뿍 담긴 디저트 선물을 들고 아이들이 기다리고 있는 그곳으로 향했다.

거리는 온통 한 해를 마무리하는 사람들로 가득했다. 사랑하는 가족과 연인들, 지인들과 올해의 마지막을 함께 하기 위해…….

사랑의 집은 애월읍 바닷가 근처에 위치해 있었다. 크지는 않지만 벽돌로 담장을 쌓았으며 담장 넘어 동백꽃들이 예쁘게 피어 있었다. 겨울 추위를 뚫고 빨갛게 피어 있는 동백꽃들이 이곳의 아이들의 모습 같았다.

"소희 선생님."

머리를 두 갈래로 예쁘게 묶은 3학년 정도 되어 보이는 아이가 달려왔다. 그리고 소희 씨 품에 와락 안기었다. 어디에선가 다른 아이들이 달려와 소희 씨 품에 안기었다.

소희 씨는 세상에서 볼 수 없는 함박웃음으로 그 아이들을 맞이해 주었다.

"얘들아, 잘 있었어? 여기 계신 이 선생님에게도 인사드리렴."
"안녕하세요."

"안녕하세요."

아이들에 재잘거리며 인사를 했다.

"오늘 너희들의 공연에 초대해 주어 고마워."

나는 웃으며 대답했다. 공연은 7시에 시작된다. 공연이 시작하기 전에 원장 선생님을 만났다.

"안녕하세요, 새벽 씨."

너무나도 온화해 보이시는 원장님이 인사를 했다.

"안녕하세요, 초대해 주셔서 감사합니다."

"새벽 씨 얘기를 소희 선생님을 통해 전해 들었어요. 마음이 아주 따뜻하신 분이라고 들었어요. 소희 선생님이 힘들 때 새벽 씨네 가게에 가서 먹었던 마카롱과 새벽 씨의 따뜻한 눈빛과 진심 어린 위로가 많은 힘이 되었다고 들었어요."

"저는 그냥 디저트를 만든 것뿐인데 이렇게 좋은 말씀을 해 주시니 감사합니다."

"소희 씨가 이곳에 와서 아이들의 공부도 봐 주고 책도 읽어 주고 어린이들 목욕도 씻겨 주어 아이들이 얼마나 좋아하는지 몰라요. 아이들은 천사 선생님이라고 화요일, 목요일만을 기다려요. 소희 씨가 사랑의 집에 오는 날."

"소희 씨의 따뜻한 마음이 아이들을 감동시켰나 봐요"

나는 소희 씨의 얼굴을 바라보았다. 처음 만났을 때의 슬픈 얼굴은 어디에도 찾아볼 수가 없었다.

"이곳에는 몇 명의 아이들이 있나요?"

"아이들은 40명 정도 되는데 아주 어린 3살부터 고등학교 3학년까지 아이들이 있어요. 그리고 자식이 없거나 갈 곳이 없으신 노인분들이 35분 정도 계셔요. 서로를 의지하고 사랑을 나누어 주며 생활한답니다."

원장님은 차분하게 이곳 사랑의 집에 대하여 설명해 주셨다.

"원장님, 이제 곧 공연 시작됩니다."

어느 선생님 한 분이 오셔서 공연 시작을 알렸다. 나는 소희 씨와 원장님과 함께 작은 강당으로 향했다.

강당에는 많은 이들이 앉아 있었다. 이곳 사랑의 집을 정기적으로 후원하시는 분들과 가족들, 사랑의 집을 섬기는 선생님들과 아이들 그리고 어르신들이 함께 있었다.

공연이 시작되었다. 2학년 정도 되어 보이는 남자아이와 여자아이가 인사말을 했다. 많은 어르신들이 지켜보고 있어서인지 얼굴에는 긴장한 빛이 역력했다. 또박또박 외워둔 인사말을 두 아이가 주고받으며 인사말을 전하는데 너무나 귀여웠다.

　몇몇의 아이들은 노래도 하고 초등 고학년 아이들은 춤도 추었다.

　고등학생 정도로 되어 보이는 남자아이는 가수 뺨칠 정도의 노래 실력을 가지고 있어서 너무 놀랐다. 공연이 절정을 달릴 때쯤 연극 시간이 되었다. 아이들이 분장을 하고 소품도 준비하여 연극을 했는데 많은 감동을 받았다. 한 사람의 희생과 사랑을 표현한 이야기는 오늘날 우리들이 살아가는 삶과 너무나 달랐다. 자신의 모든 것들을 내어 주고 심지어 목숨까지 희생하였다는 이야기인데 너무나 감동적이어서 눈물을 흘렸다.

　이제 마지막 무대, 모든 공연을 준비한 친구들이 올라와 함께 노래를 불렀다. 나도 한번쯤 들어봤던 노래

　　당신은 사랑받기 위해 태어난 사람
　　당신의 삶속에서 그 사랑 받고 있지요
　　당신은 사랑받기 위해 태어난 사람
　　당신의 삶속에서 그 사랑 받고 있지요
　　태초부터 시작된 하나님의 사랑은 우리의 만남을 통해 열매를 맺고
　　당신이 이 세상에 존재함으로 인해 우리에게 얼마나
　　큰 기쁨이 되는지
　　당신은 사랑받기 위해 태어난 사람
　　지금도 그 사랑 받고 있지요

언젠가 들어봤던 노래가 아이들이 나를 향해, 그리고 모든 관객들을 향해 불러 주었다. 그래 모든 이들은 사랑을 받기 위해 태어난 것이다.

공연이 다 끝나고 소희 씨랑 같이 아이들과 노인 분들에게 디저트를 전해 드렸다.

아이들은 너무 예뻐서 먹을 수가 없다고 소리를 질렀다.

내 가슴 속에 그 아이들에게 받았던 사랑을 가슴에 안고 집으로 돌아왔다.

집으로 돌아와 샤워를 하고 책상 앞에 앉았다. 일기장을 꺼내어 오늘의 감정들을 기록해 두고 싶었다. 그때 전화벨이 울렸다. 라온이었다.

"라온아, 오늘 잘 보냈어?"

"새벽아, 사랑의 집은 잘 갔다 왔어?"

"응. 라온아. 내가 살면서 많은 공연들은 보지 못했지만 오늘 사랑의 집 아이들의 공연은 최고의 공연으로 기억될 것 같아."

"정말 나도 같이 갈걸."

"어쩜 세상에서 가장 많이 소외받고 힘든 아이들인데 세상 어느 아이들보다 맑고 순수하며 사랑을 나누어줄 줄 알더라."

"와 진짜?"

"준비를 많이 했더라. 그리고 너무 예뻤어. 아이들이. 내년에는 같이 보러 가자."

"내년에는 꼭 갈 거야."

"지금 뭐하고 있니? 올해도 2시간 정도 남았네."

"너와 함께 올해의 마지막을 보내고 싶지만 우리에겐 새해가 있으니."

"내일 만날까?"

"그럴까? 성산일출봉을 오르는 것은 어때?"

"좋아, 그럼 새벽 5시경에 너희 집으로 갈게."

"새해에 일출은 봐야지."

"내일 봐."

"잘 자구."

나는 그렇게 라온이와 통화를 한 후 설레는 마음으로 새해를 기다렸다. 제야의 종이 TV로 중계되고 있었다. 그리고 드디어 카운트다운이 시작되었다.

10

9

8

7

6

5

4

3

2

1

Happy new year!

　새해를 맞이하는 종소리가 울려 퍼졌다. 뭔가 새로운 삶, 새로운 나날들이 시작되었다는 생각에 마음이 두근거렸다. 올해에는 또 어떤 일이 일어날까. 나는 그렇게 한 삼십 분 쯤을 생각하다 내일은 일찍 일어내야 한다는 생각이 문득 들어 서둘러 잠을 청했다.

새로운 다짐

라온이 새벽 5시에 우리 집에 왔다. 차가운 새벽 공기를 뚫고 성산일출봉에 오르기 위해 나는 최대한 옷을 중무장하여 출발했다. 아직 밖은 캄캄하다. 라온과 성산읍으로 향했다. 그곳에 도착하니 많은 사람들이 일출봉을 향해 올라가고 있었다.

라온과 차에서 내려 집에서 미리 준비한 따뜻한 커피를 한 잔 하고 일출봉을 향해 걸어 올라갔다. 라온과 함께 새해를 맞이한다는 것이 너무 좋다. 나의 옆에 서로를 의지하는 친구가 있다는 것이 얼마나 행복한지.

천천히 이야기도 나누며 새벽의 찬바람을 막으며 어느덧 봉우리에 올랐다.

많은 사람들이 그곳에 일출을 보기 위해 있었다. 라온과 어느 구석 돌계단에 앉아 커피를 한잔하고 일출을 기다렸다. 아직 해는 우리에게 모습을 보이지 않았다.

7시 30분쯤 끝없이 펼쳐진 푸른 바다 사이로 붉은 해가 떠오르기 시작했다. 너무나 감격스러워 그 순간을 내 눈 속에 계속 담고 싶었다. 순식간에 드넓은 바다와 주위의 자연 환경들이 눈에 들어왔다. 너무나 아름다웠다. 나는 그 광경을 말없이 감상했다. 이번에는 셔터를 누르지 않았다.

해는 어김없이 떠오른다. 때론 구름에 가려서 해가 보이지 않을 때도 있지만 구름 너머에는 언제나 해가 있다.

새로운 한 해를 맞으며 올해는 더 나 자신을 사랑하고 이웃을 사랑하고 내가 꿈꾸고 노력하는 삶을 살아가리라 다짐해 본다.

저는 어릴 때부터 책 쓰는 것을 좋아했습니다. 하지만 작심삼일이라 며칠 쓰고 그만두곤 했죠. 비록 동아리에서 한 활동이지만 이렇게 완전한 책을 써 본 건 인생에 처음인 것 같네요. 이것을 통해 얼마나 책 쓰기가 어렵고 까다롭고, 또 시간이 많이 걸린다는 것을 알게 됐어요. 하지만 이것을 통해 저와 다른 3명의 친구들과의 좋은 경험도 만든 것 같아요. 그리고 제가 이야기를 만들면서 저만의 나라를 만드는 기분이라 재밌었어요. 처음에는 여유롭게 이야기를 구성하고 등장인물을 만든 것 같은데 학생이다 보니 시험과 과제들에 시달려 몇 달 미루다가…… 결국은 마감일에 쫓겨서 급하게 만든 것 같네요. 그래도 다시 읽어보니 나름 괜찮게 나온 것 같아 기분이 좋았어요. 역시 내 글을 다시 읽어보면서 드는 그 뿌듯함은 이루 말할 수 없죠. 책을 쓰면서 과제는 하나 더 늘었지만 바쁜 만큼 행복한 순간을 만든 것 같아요.

이제 작품 이야기로 가 볼까요. 저는 봄의 분위기를 잘 살리면서 등장인물의 말과 행동은 최대한 현실적으로 말하려고 노력했습니다. 어때요? 그런 것 같나요? 주인공은 조금 감성적이고 남들을 잘 도와

주려는 성격으로 그렸습니다. 그리고 윤이는 꼬마의 성격과 더불어 어른스러운 면도 넣으려 했어요. 초등학교 저학년의 모습은 어떨까 잘 생각이 들지 않아 제 사촌동생의 말과 행동을 많이 갖고 왔어요. (사촌동생아, 고마워) 윤이가 선생님을 좋아한다는 사실을 알고 고민하는 새벽이의 행동은 그 상황에 처한 저의 반응과 거의 유사하게 썼습니다. 그러나 저는 윤이에게 현실을 말하진 못할 것 같네요. 그리고 봄꽃 마카롱은 실제에 있진 않지만 제가 만약 디저트를 잘 만든다면 한번 만들고 싶긴 하네요.

이 에피소드를 통해 여러분도 봄을 느끼시기 바라요.

봄을 이야기한

노진은 작가

안녕하세요 저는 중학교 2학년 김민경이라고 합니다. 책을 처음
써 봐서, 어떻게 시작을 해야 할지 몰랐는데, 그래도 어느 정도 쓰다
보니 어느새 30페이지를 쓰게 되었습니다. 책에는 제가 지금까지 살
아오면서 알게 된 사실이나, 경험을 통해서 느끼게 된 감정을 최대
한 많이 담고, 독자분들과 함께 공감할 수 있게끔 만들었습니다. 처
음 써 보는 소설이라 많이 부족하고 전문지식은 없지만, 모든 사람
들이 살아가면서 한 번씩은 생각해 보게 되는 이야기들로 구성하였
습니다. 책 속의 주인공의 감정선을 따라 읽으면 부담되지 않고, 쉽
고 편하게 읽어 넘길 수 있는 책이 되면 좋겠습니다. 저의 삶이도 앞
으로 어떤 여정이 될지는 모르겠지만 그때마다 이 책을 들여다보며
조용히 꿈을 키워 나갔던 순간을 다시 되돌아보면서 많은 도전을 하
려 합니다. 여러분들의 기억 속에 행복한, 특별한 추억이 있다면 그
에 맞는 달콤한 디저트를 같이 떠올리면 어떨까요? 여러분들의 추억
이 더 달콤해지기를 바랍니다.

마지막으로, 살아가면서 힘든 시간을 겪기 마련입니다. 그 힘듦
이 친구, 가족을 통해 치유되기도 하지만 책으로도 치유될 수 있을

거라 생각합니다. 이 책을 읽고 여러분들의 마음이 조금이나마 따뜻
해져 혹독한 겨울을 이겨낼 수 있는, 남들에게 따뜻함을 전해 줄 수
있는 사람이 되기를 바랍니다. 책, 끝까지 읽어 주셔서 감사합니다.

여름을 이야기한
김민경 작가

사실 작년(2018년)에도 책을 만들어 보았기에 올해는 조금 더 만족스러운 결과물이 나올 줄 알았습니다. 작년에는 처음이라는 핑계를 대고 생각보다 좋지 않은 결과물이 나왔었습니다. 작년에 한 번해 본 것이라는 의기양양한 마음으로 보다 나은 책을 써야겠다고 다짐했습니다. 그러나 너무 방심했던 것 같습니다. 자유학년제도 끝나고 공부도 하랴 수행평가도 하랴 바빠 책을 쓸 시간이 없었습니다. 마감이 다가오고 있을 무렵 그제서야 허둥지둥 책을 써내려 갔습니다.

하지만 바쁘고 시간이 없어도 이런 경험, 그러니까 책을 내 손으로 하나하나 고심하며 써내려 가는 것은 꼭 해볼 만한 가치가 있다고 생각이 듭니다. 책을 쓰면서 친구들과의 약간의 갈등도 있었으나 그렇게 해서 각자의 생각을 공유하고 다방면으로 발전하는 것이 좋은 것 같습니다. 다음에도 또 이런 기회가 있다면 또다시 도전해 보고 싶습니다.

가을을 이야기한
남아란 작가

새벽이를 주인공으로 하여 다양한 상상을 하고 글을 쓰는 것은 즐거우면서 새로운 경험이었습니다. 때론 글을 쓴다는 것이 어렵고 힘들었지만 이렇게 마무리를 하고 보니 뿌듯합니다.

새벽이를 통해서 저도 더 성숙하고 자신을 사랑하고 친구들과 가족을 사랑할 아는 자신이 싶습니다. 저의 꿈이 아직은 불투명하지만 저에게도 언젠가 가슴 떨리도록 하고 싶은 일을 만나게 될 것이라 믿습니다. 그때 저는 주저하거나 망설임 없이 다른 이들의 시선을 의식하지 않고 그 일을 향해 달려가는 제가 되고 싶습니다.

그리고 새벽이처럼 많은 사랑을 나눠주는 사람이 되고 싶습니다.

겨울을 이야기한
이예지 작가

283

정말로 그대가

외롭다고 느껴진다면

떠나요

제주도 푸른 밤

하늘 아래로

– 노래, '제주도 푸른 밤' 중 가사